SUR LES DIEUX
DES SARRASINS DANS LES CHANSONS DE GESTE DU XIIE SIÈCLE

PAR

KERSTIN HÅRD AF SEGERSTAD

I

LES DIEUX DES SARRASINS

—————

I

PROVENANCE

UPPSALA 1926

ALMQVIST & WIKSELLS BOKTRYCKERI-A.-B.

SUR LES DIEUX DES SARRASINS DANS LES CHANSONS DE GESTE DU XIIE SIÈCLE

PAR

KERSTIN HÅRD AF SEGERSTAD

I

LES DIEUX DES SARRASINS

I

PROVENANCE

UPPSALA 1926

ALMQVIST & WIKSELLS BOKTRYCKERI-A.-B.

TABLE DES MATIÈRES

Pages

Un chapitre sur le culte de ces dieux paraîtra dans un second tome.

Introduction.

Le problème des dieux des Sarrasins des poèmes et récits épiques du XIIe siècle, — lequel siècle est l'époque de leur floraison, — le problème que les Musulmans sont considérés, dans les chansons de geste, comme des idolâtres adorant un certain nombre de dieux, parmi lesquels figurent des dieux romains, dieux des Sarrasins qui sont aussi, par certains poèmes, désignés comme dieux des Saxons et des Juifs, — ce problème a été compté, par les critiques, pour un problème de second ou de troisième ordre. Mais tout à fait à tort. Car plus on l'approfondit, plus on le voit prendre de grandes dimensions.

Ce problème, on le voit facilement, en contient deux, à savoir: 1° celui de la provenance des dieux spéciaux de cette mythologie, dite des Sarrasins, 2° celui d'où il vient que les poèmes épiques ont, unanimement, traité de cette mythologie.

Sur ces questions ont été présentées des vues d'ensemble par MM. Léon Gautier et Gaston Paris, opinions qui, on pourra le dire, sont presque l'opposé l'une de l'autre.

M. G. Paris combinait sa solution à la théorie des cantilènes sur la formation des poèmes épiques: selon lui, les dieux musulmans sont dus à une confusion avec les paganismes des Saxons, des Danois, des Hongrois et des Avares, qui environnaient le pays, à l'époque où, à son avis, se formaient les noyaux des poèmes épiques. La chute reconnue définitive de la théorie des cantilènes par les savantes recherches de M. Joseph Bédier amène aussi la chute de cette théorie de M. G. Paris sur l'origine des dieux musulmans ou sarrasins.[1] De cette présente étude il ressortira, enfin,

---

[1] D'autres ont fait des observations analogues concernant des noms de personnes dans les chansons de geste.

positivement, que les dieux dits des Sarrasins ne doivent pas leur existence aux dieux des peuples qui sont mentionnés par M. Paris.

M. Léon Gautier soutint, de son côté, qu'il s'est produit une confusion plus récente. Les poètes français ont, selon lui, cru que les Musulmans adoraient des idoles, comme les Grecs et les Romains, opinion qui se serait plus tard modifiée ou corrigée. La solution qu'apporte M. Gautier paraît assez acceptable, mais elle n'est pourtant pas la vraie, à notre avis.

Nous osons dire que la solution véritable paraît être celle que nous présenterons dans cet ouvrage, solution inattendue et curieuse, faisant pendant, en quelque manière, — sauf comparaison du reste — aux théories de M. Bédier sur l'origine des légendes épiques, solution qui, en plus, élucidera certains côtés, demeurés jusqu'ici obscurs, des légendes épiques, desquelles questions il sera traité dans la seconde partie de cet ouvrage.

La première partie du présent travail sera consacrée aux problèmes de la provenance des dieux »sarrasins», à laquelle partie sera annexé un chapitre sur le culte de ces dieux, dont il y a trace dans les chansons de geste. Dans une troisième partie il sera traité de la cause de leur existence dans les poèmes épiques du XIIe siècle.

Chemin faisant, nous nous occuperons en plus de quelques problèmes qui se rattachent aux diverses questions dont il s'agira et qui se résolvent par nos théories.

Nous regrettons de ne pas être celtiste. Nous nous sommes servie des ouvrages de MM. d'Arbois de Jubainville, d'É. Ernault et d'autres, en fait des questions celtiques.

Première Partie.

Les dieux des Sarrasins.

I.

Provenance des dieux des Sarrasins et quelques questions s'y rattachant.

Dans cette première partie de notre ouvrage, nous chercherons, par l'analyse des noms habituels des dieux des Sarrasins et de leurs variantes, à trouver leurs origines, nous y tâcherons de les expliquer par des mots où entrent des thèmes que nous croyons faire partie de leurs noms, nous y recueillerons des noms de dieux qui nous aideront à discerner s'ils sont des dieux véritables, et nous nous efforcerons de les élucider, en relevant des traits qui les caractérisent dans les textes.

Chapitre I.

Le dieu Tervagan (-gant).

Le dieu Sorape.

Nous examinerons les dieux sarrasins un à un, en ouvrant la série par le «dieu» *Tervagan*. Il se montrera qu'on doit mentionner, en même temps, le dieu sarrasin *Sorape*.

Tervagan.

Tervagan est, on le sait, un des dieux des Sarrasins les plus souvent cités dans les poèmes épiques. Mais ils ne lui fournissent

8

pas de caractéristiques qui puissent servir à l'expliquer: «Tervagan»
n'est, dans les chansons de geste, qu'un simple nom. Cependant,
on peut mentionner que, dans *Orson de Beauvais*, il est appelé «Tervagant de Suzile» = Sicile (E. Langlois, *Table des noms propres de
toute nature compris dans les chansons de geste imprimées*, Paris 1904)
(voir ci-dessous) et que, dans la Chanson de Roland, son image, qui,
avec d'autres images de dieux des Sarrasins, est placée dans «une
crute» = un sanctuaire souterrain, porte une escarboucle; nous reviendrons plus loin à ce petit détail.

Le nom Tervagan, considéré comme très curieux, a été fort
discuté. M. G. Paris, qui se résigne à laisser son problème irrésolu,
l'appelle énigmatique dans son Manuel. M. Léon Gautier pose,
dans son «La Chanson de Roland» (en note), un point d'interroga-
tion auprès de ce nom. D'autres critiques ont formé sur Tervagant des théories qui sont peu vraisemblables: on a ainsi con-
jecturé une provenance arabe, une provenance de la mythologie
du Nord (Öku-Thórr), et une provenance du surnom «ter magnus»
du dieu Hermes, opinions qu'a enregistrées, dans la *Zeitschrift für
romanische Philologie*, XXXVIII (p. 226), M. W. Tavernier, qui
y ajoute à ces hypothèses une doctrine que Tervagan serait l'ana-
gramme du nom du dieu Saturne. Il est très clair que cette dernière
opinion est la moins probable, car elle assigne au nom Tervagan
une provenance purement littéraire, ce qui ne peut nullement se
concilier avec le fait que le nom se retrouve partout dans les poèmes épiques. Les noms des dieux Apollon (Apolin dans le poèmes
épiques) et Jupiter, qui figurent parmi les dieux sarrasins, ont,
paraît-il, induit M. Tavernier en cette erreur. Mais la présence
des dieux Apollon et Jupiter parmi les dieux sarrasins n'a aucun
rapport avec l'origine étymologique des autres dieux rentrant dans
cette catégorie, nous le montrerons dans ce qui suivra.

Voici maintenant la manière dont nous résolvons le problème.

Suivant la marche que nous venons d'indiquer, nous exposerons:
I. des variantes du nom Tervagan ~ t, et d'autres mots pouvant
contribuer à sa décomposition et à son explication, II. des noms de
dieux qui puissent servir à faire voir si Tervagan est réellement
le nom d'un dieu, et lequel.

I. La plus importante des variantes que nous ayons recueillies nous fournit M. Littré: c'est le mot *tarvagant*. Nous ne l'avons pas rencontré ailleurs. Mais il y a des formes approchantes: *Tarvigant, Tavergant, Tavergan, Tavergam* (E. Langlois, *op. cit.*), qui présentent un *a* ou originel ou provenant d'une assimilation à l'*a* médial de *Tervagan*. Nous citons aussi les formes *Trivigant, Trevigant* et *Tervigant*, offertes p. ex. par l'«Entrée d'Espagne»[1], et les variantes *Tergont Tregont* qu'apporte une version irlandaise en prose de »Fierabras».[2] Enfin, nous devons mentionner les formes *Tervogant, Tirvogant*[3], où un *vo* se trouve au lieu d'un *va* dans la deuxième syllabe. Ces variantes, jointes à deux noms de lieux: *Tarva* (chez Grégoire de Tours > Tarbes)[4] et *Taruenna* (forme latinisée dans l'Itinéraire d'Antonin du nom de la ville appelée plus tard Thérouanne)[4], se montreront, comme on le verra, suffisants à l'explication du nom Tervagan.

Il nous paraît d'abord très croyable, en fait des variantes mentionnées, que la forme *tárvagant* — si elle existe, et elle doit sûrement avoir existé — est la primitive, car, par elle, s'explique entièrement le nom *Tervagant*.

Nous donnons des noms «tarvagant» et «Tervagant» l'explication que voici.

A. tarva. — La première et la deuxième syllabe de *tárvagant*, forme primitive, selon nous, de *Tervagant*, représentent, à notre avis, le même thème que celui sur lequel est formé le nom de lieu *Tarva*, ville qui, d'après M. d'Arbois de Jubainville, était vouée au culte du dieu taureau gaulois, culte considérable qui est attesté par les autels gaulois et par les monnaies gauloises à image du taureau[5]. La racine de ce nom est le mot gaulois *tarvo* = taureau. (Cf. *Taruenna*, ville vouée aussi, selon le même savant, au dieu

---

[1] Éd. A. Thomas, *Publications de la Société des anciens textes français*, 1913.

[2] *The Irish version of Fierabras*, p. p. W. Stokes, *Revue celtique*, XIX, pp. 156, 284.

[3] E. Langlois, *op. cit.*

[4] H. d'Arbois de Jubainville, *Les dieux celtiques à forme d'animaux*, Revue celtique, XXVI, p. 194.

[5] S. Reinach, dans la *Revue celtique*, XVIII, p. 262.

taureau et dont le thème principal doit être «tarvo».) Par suite, ce mot *tarvo* est aussi, à notre avis, la racine du mot *tarvagant*. Pour l'*o* final, on le retrouve, sans doute, dans les variantes *Tervogant* et *Tirvogant*. Il a subi dans «tarvagant» un changement en *a*, qui est évidemment dû à sa position faible: une étude de M. J. Loth, dans la *Revue celtique*, XXVI (p. 95) offre un exemple d'un affaiblissement analogue dans le mot *Catamani* pour *Catumani*. — Nous passons au thème *Terva* de «*Tervagant*», dont l'*e* reste à expliquer. Il paraît qu'il est dû simplement à une dissimilation. Il pourrait venir aussi, par voie analogique, d'un type que présente la variante «Tervigan». (L'*a* médial y étant remplacé par un *i*, il se serait produit, dans la syllabe initiale, une assimilation *a* en *i* et une métathèse de l'*r*. L'*i* de Trivigan s'étant ensuite affaibli en *e* > Trevigan, et une seconde métathèse de l'*r* ayant eu lieu, on recevrait la forme Tervigan.)

B. *-gant*. — Le second thème du nom «Tervagant»: *gant* est un thème qui se rencontre quelquefois dans des noms de personnes, témoin un nom très connu qui se trouve dans les poèmes épiques, *Baligant* (voir sur ce nom partie II). Le thème *gan* est indubitablement une variante du thème *gont*, qui constitue la seconde syllabe de la variante de Tervagant *Tergont*. Et, de son côté, ce thème *gont* est visiblement une variante d'un thème *go*, laquelle on rencontre p. ex. dans le nom *Lingonu* pour *Lingo* (H. d'Arbois de Jubainville et É. Ernault, *Études grammaticales sur les langues celtiques*, I, 1881, p. 117*), membre de la tribu gauloise des *Lingones*. Enfin, ce («go», «gon») «gan», qui forme la dernière syllabe du mot *Tervagant*, et dont le *t* est apparemment, ainsi que celui du «gont» de «Tergont», un «t» adventice, représente, il n'y a pas à en douter, le thème celtique *gutu* — (en vieil irlandais «guth» voix) — indo-européen *ghutóm* «ce qu'on invoque», *dieu* — qui, d'après M. d'Arbois de Jubainville, fait partie du mot gaulois «gutuater», mot ayant le sens de prêtre d'un dieu local gaulois. (D'Arbois de Jubainville, *Les druides et les dieux celtiques à forme d'animaux*, Paris 1906, pp. 3, 4.) C'est là un thème qui entre, manifestement, sous une multitude de formes — «gu», «cu», got», «cot», gon», «con» (cf. pour la variation gauloise *u ~ o* p. 28) — dans un grand nombre de mots de l'ancien français, qui n'ont pas encore reçu leurs explications étymologiques définitives. Nous comptons réunir ces mots, autant qu'il nous sera possible, et d'autres vocables dont les étymologies ressortiront de cet ouvrage, en une liste qui le suivra. Ici nous ne citons, comme exemple de vocables où se trouve le thème *go* = dieu, que le seul mot très connu *goi*, dans l'expression *jarnigoi* = je renie dieu, expression que possède l'ancien français et qui doit dater des temps où le populaire fut contraint de renier ses dieux (un exemple du verbe raneier: *raneiet*, se rencontre, comme on se le rappelle, déjà dans *Eulalia*). — Ici il est nécessaire de s'arrêter pour faire cette explication que le thème «i» de «goi» doit être aussi un thème gaulois signifiant dieu, — nous le verrons au courant de cette étude, pp. 59, 60. Cf. p. ex. *Inca* sans doute = *Ica*, p. 60. Le nom du dieu gaulois *Esus* paraît aussi en fournir un des plus éclatants exemples, l'*Es* initial de ce nom étant, sans nul doute, la variante celtique *e* de *i* + une *s* de flexion. Assurément, ici, *E* veut dire dieu, l'*us* suivant = *u* + une *s* de flexion signifie, comme nous le montrerons plus loin (p. 18 et suiv.), aussi dieu. Dans le mot «goi» nous voyons la même formation, à l'inverse, que dans le mot *rigot* (bourse), qui, sans aucun doute, est un composé des mots gaulois *ri* = roi, dieu, voir plus loin passim, et *got* = dieu. M. Ch. Joret a étudié, dans la Romania XXIX (p. 263—265), les suffixes «i co(t)», «i go(t)», «i bo(t)» dans les dialectes normands, thèmes qui se trouvent aussi dans d'autres dialectes, *dans lesquels suffixes*, dit-il, *l'«i» est distinctement séparé de l'autre thème* — ici aussi il nous semble probable, à en juger par les exemples que donne M. Joret et auxquels nous reviendrons (t. II), que nous avons des thèmes identiques aux thèmes «rigot» et «goi». — Il doit aussi exister des combinaisons analogues en *e*, nous citons une variante de «jarnigoi» *jarnigué* qui montre cette variation. (Cf. Kr. Nyrop, *Grammaire historique de la langue française*, I, 1899, § 120, cf. plus loin, p. 49. Pour *b* dans *bot*, voir plus loin, pp. 29, 61.)

Résumons ce que nous avons émis sur l'étymologie du nom Tervagan. A notre avis, ce nom se compose de deux thèmes: *A. terva* = *tarva* = taureau, mot gaulois. *B. gan* = *gon*, variante du thème gaulois *go* = *got* = *gutu* = dieu. *Le nom Tervagan signifie, conséquemment, à notre avis, taureau dieu.*

12

Et dès maintenant, nous osons émettre aussi l'hypothèse que le nom Tervagan est *un des noms donnés*, dans la réalité, *au dieu taureau gaulois*.

II. Nous ferons présentement mention de deux noms (*A.*, *B.*), dans lesquels nous voyons des noms du dieu taureau. Le premier n'est pourtant pas très sûr.

A. *Taranis* (?)

Dans la *Revue celtique*, XVIII (p. 137 et suiv.), M. S. Reinach émet, après avoir relevé trois inscriptions portant le nom Taranis: un Jupiter Taranucus en Dalmatie, un Jupiter Tanarus ou Taranus en Grande Bretagne, un Deus Taranucus dans la vallée du Rhin, et après avoir cité le témoignage de la Pharsale de Lucain sur le dieu gaulois Taranis, avec les dieux gaulois Teutates (Toutatis) et Esus, I, 444—446:

> Et quibus inmitis placatur sanguine diro
> Teutates, horrensque feris altaribus Esus
> Et Taranis scythicæ non mitior ara Dianæ.

que Taranis, dieu gaulois du tonnerre, serait une divinité locale — et non panceltique — et plus spécialement une divinité de certains peuples demeurant entre la Seine et la Loire.

Nous pensons que Taranis est un nom donné, dans ces mêmes régions, au dieu taureau. Le *Tar* de «Taranis» pourrait provenir d'un *tarvo*, où *v* se serait fondu dans *o*, devenu *a* dans la position atone, et disparaissant dans le thème suivant, *an*, qui, évidemment, est un thème indépendant. Ce thème *an* de Taranis est peut-être identique à la première syllabe «an» du gaulois «ande» = grand, il est certainement le même thème que présente l'initiale du mot moyen breton *ankou*, mot qui signifie *mort*, subst., dont nous conjecturons que le second thème est le thème *go* = dieu. Le nom *Ankou* figure dans le folklore breton comme nom d'une personnification de la mort (voir Sébillot, *Le folklore de France*), c'est évidemment à l'origine le nom d'un dieu, probablement *Ancus* que mentionne Ovide dans ses Fasti (VI, v. 803), nom dont le thème *cus* paraît être le même thème que *kou* de *Ankou* et ainsi probablement *go*, *gu* = dieu. Enfin, on peut voir dans l'*is* final du nom *Taranis* un *i* = dieu (cf. plus haut), uni à une *s* de flexion.[1]

B. *Dinabuc.*

Dinabuc est un nom attaché par une tradition aux *Tumbe* et *Tumbelaine* près d'Avranches, où fut érigée l'abbaye du Mont-Saint-Michel-au-grand-péril-de-la-mer; il rappelle le nom de la ville de Dinan.

La tradition sur Dinabuc, par laquelle nous commençons, — tradition populaire — est racontée et par Monmouth dans l'*Historia regum Britanniæ*[2] et par Guillaume de Saint-Pair dans son «Le Roman du Mont-Saint-Michel».[3] Le nom n'est pourtant relevé que par un seul auteur, le profond connaisseur du folklore de la Normandie et de la Bretagne Wace, dans Brut, — ce qui fait voir que Wace a recueilli la tradition sur place.

Dinabuc est un géant ogre qui dévaste la contrée autour des monts Tumbe et Tumbelaine et il est tué par le roi Artus. Artus le trouve au mont rôtissant des porcs sur un feu, dont le roi et ses compagnons ont vu la fumée à distance. Une fumée flotté aussi au-dessus du mont Tumbelaine.[4] — Cet ogre est, paraît-il, une personnification locale du dieu taureau. Au mont Tumbe, on a évidemment adoré ce dieu, cela ressort de la légende connue de la fondaison de l'abbaye du Mont-Saint-Michel, dans la version qu'offre «le Roman du Mont-Saint-Michel» de Guillaume de Saint-Pair. Selon cette version de la légende de la fondaison de l'abbaye, l'archange Michel, en ordonnant à l'évêque Aubert

---

[1] M. Sébillot dit, dans *Le folklore de France*, IV, p. 322, d'après M. L. du Bois, *Recherches sur la Normandie*, qu'il existe, dans le folklore normand, un lutin protéiforme, appelé Tarane, dans lequel M. du Bois voit une survivance caricaturale du dieu Taranis. Il est plus probable que ce mot, qui est certainement = Taranis, a une autre signification. Voir t. II.

[2] Éd. A.. Schulz, Halle, 1854.

[3] Éd. Fr. Michel, Caën, 1856.

[4] Cette légende est jointe à une légende non moins intéressante sur «une nièce du duc Hoël de Bretagne» enlevée et tuée par le géant Dinabuc (voir plus loin, p. 54).

d'Avranches d'ériger une église sur le mont (Tumbe), lui indiqua que, là, se trouverait un taureau lié par des voleurs et lui commanda de bâtir l'église à l'endroit qu'avait foulé le taureau. Et, bien que, d'après cette tradition, le taureau fût vivant et qu'on le rendît à son possesseur, il paraît que ce taureau est une réminiscence d'un culte du taureau aux monts Tumbe et Tumbelaine (cf. aussi plus loin, t. II). Ce culte paraît avoir été très considérable, le culte de l'archange Michel qui lui succéda en porte témoignage, le Mont-Saint-Michel étant, comme on sait, un lieu de pèlerinage tout spécialement notable, et l'archange y ayant une fête spéciale. Qu'il y ait eu, ici, un culte important du taureau, c'est aussi chose facilement compréhensible. Le taureau est, comme l'a remarqué M. Sébillot (dans son *Le folklore de France*), un dieu des eaux, et les landes autour des monts étant sans cesse inondées par la mer, il est bien naturel qu'on ait adoré ici, d'une manière toute particulière, ce dieu. Les côtes de la Normandie et de la Bretagne paraissent aussi avoir été vouées au culte du même dieu. (Il en reste, pour la Bretagne, des traces dans le folklore. Voir Sébillot, *op. cit.*)

Quant au nom — *Dinabuc*, il se laisse décomposer en deux parties, savoir: *Dina* et *buc*. Il est facile de le voir par une comparaison avec un thème *Dino*, faisant partie d'un nom d'un dieu gaulois mentionné dans une inscription gauloise: *Dino-Mogeti-Marus* (*Revue celtique*, XIX, p. 99); dans *Dinabuc*, comme dans *Tervagant*, un affaiblissement de la voyelle finale *o* du premier mot a eu lieu (position atone). Le sens de *Dina* est certainement *dieu*: le nom doit venir du mot gaulois *divo* = dieu, le thème *Din* étant une variante de *Di*, comme *gon* est une variante de *go*; cf. aussi p. 60 *I* var. *In*. Le terme *buc*, en moyen-breton = vache, paraît avoir, dans *Dinabuc*, le sens de taureau. (Il existe, du reste, aussi, on le sait, un dieu taureau gaulois à tête de vache.) (Ce terme pourrait pourtant aussi signifier dieu et se composer des thèmes $b(i)$ = dieu (voir plus loin. p. 61) $+ u$ = dieu (voir plus loin p. 18), $+ c(o)$ = dieu).

Ajoutons, pour la tradition elle-même, que la fumée sur les monts est peut-être un souvenir à demi effacé des immolations par lesquelles

les Gaulois assouvissaient le dieu Taranis, qui, comme l'a rapporté M. S. Reinach d'après une scolie de Lucain[1]: *hoc modo placatur* chez les Gaulois: *in alveo ligneo aliquot homines cremantur* — de la façon que des hommes sont brûlés dans un baquet de bois, Toutatis et Esus étant autrement assouvis. Dans les temps des Gaulois, on a naturellement très souvent vu les fumées de ces holocaustes. (Voir, pour les immolations aux dieux gaulois, le chapitre spécial, t. II.)

Sorape.

A ces noms, s'ajoute le nom du dieu taureau égyptien *Serapis*, figurant une fois, sous la forme *Sorape*, dans une chanson de geste, *Aliscans* (v. 191, éd. Guessard et Montaiglon, Paris 1870, cf. E. Langlois, *op. cit.*). Serapis avait un culte en Italie pendant l'empire. Il est ici sans doute de provenance livresque.

Dans une confusion avec Serapis, nous croyons tenir l'explication du surnom de *Suzile* de Tervagan, mentionné au commencement de ce chapitre.

*

Tervagan veut dire, selon nous, *taureau dieu* et c'est, à notre avis, un nom qui a été porté par le dieu taureau gaulois. Nous osons ajouter à cela qu'il paraît croyable que le nom Tervagan conserve, dans les poèmes épiques, ce caractère de nom du dieu taureau gaulois. Pour ce qui est de la compréhension ou non de ce fait de la part du poète, nous en traiterons plus loin (partie III).

On aurait pu présumer, étant donné le culte considérable du dieu taureau gaulois dans les temps anciens, qu'il en fût resté de plus nombreux et de plus caractéristiques vestiges dans les poèmes épiques qu'il n'est le cas. Nous n'avons trouvé, pour le dieu taureau, que la seule escarboucle mentionnée plus haut, et qui, peut-être, n'en est pas un vestige sûr.

Sur ce menu détail, nous formerons maintenant une petite hypothèse.

---

[1] Revue celtique, XVIII, *Teutates, Esus, Taranis*, p. 142. Cf. *Lucani Comm. Bernensia*, éd. Usener, p. 32 et M. Michaelis dans *Jahrbücher für lothring. Geschichte*, 1895, p. 160 (d'après M. Reinach, *op. cit.*, p. 141, n. 2).

L'escarboucle est, comme on sait, une pierre précieuse portée dans le folklore français par les dragons et les serpents, en guise d'œil ou dans la tête. Cf. p. ex. Philippe de Thaon, *Lapidaire, Draconitides* = pierre de dragon, escarboucle. Or, les serpents (qui symbolisent, sans doute, des constellations d'étoiles) accompagnent souvent les dieux taureaux sur les autels gaulois. L'escarboucle de Tervagan pourrait donc être l'escarboucle des serpents mythiques.

L'enseigne dragon, pourtant, portée dans l'armée des Musulmans, ne paraît pas être une enseigne accompagnant spécialement Tervagan.

Ajoutons tout de même ici — les dragons étant l'emblème du dieu taureau — que le Dragon paraît être une enseigne gauloise, ce qui est en soi intéressant, et ce qui confirme en plus notre thèse sur Tervagan comme dieu gaulois. Cela se voit par un écrit datant de 1263 d'un chantre de Nantes du nom de Helyas, intitulé *Ordinarium ecclesiæ Namnetensis*, où il est dit qu'à Nantes, aux Rogations, une bannière en forme de dragon était portée dans les processions.[1] (Mentionnons aussi que, dans «Renaud de Montauban», l'enseigne dragon est appelée «l'enseigne Charlemagne».)

---

[1] Hist. litt., t. XXIX, p. 609.

Chapitre II.

Le dieu Cahu.

Dans les poèmes épiques il est souvent fait mention d'un dieu
des Sarrasins appelé *Cahu* (Kahu).

M. Ch. Pigeonneau a fait provenir le nom *Cahu*, dans son édition du cycle de la croisade, du nom arabe *el Kahir*, démon de
la guerre. On y a vu, aussi, une altération du nom de Caïn,
frère d'Abel (voir ci-dessous).

Des indices assez clairs nous portent à croire que nous sommes
en présence ici encore d'un *dieu gaulois*. Il s'agit, croyons-nous,
d'un dieu chat bête féroce, car le nom «Cahu» se laisse décomposer dans ces deux thèmes: le mot gaulois *Cattos* = chat (bête féroce)
et un thème *hu* = dieu, thème qui — à l'avis de M. d'Arbois de Jubainville — est le même que le déjà nommé thème *gutu* = dieu. *Hu*
est un thème sanscrit, selon ce savant, ayant le sens d'«invo-
quer», et dont le participe passé «hutás», dans l'expression «puru-
hutás», est un surnom du grand dieu Indra dans la littérature
védique.[1] La grande quantité de monnaies gauloises à image du
lion[2] atteste que notre opinion n'a rien que de possible. Et il
paraît même probable que *Cahu* est exactement un dieu lion.

Tenant pour nécessaire de montrer en premier lieu la fréquence
du mot *hu* dans la langue gauloise, nous nous occuperons d'abord
de ce thème, pour revenir ensuite au thème Cattos.

Dans cette démonstration, nous aurons affaire avec plusieurs

---

[1] *Les druides et les dieux celtiques à forme d'animaux*, Paris, 1906, p. 3.

[2] M. S. Reinach mentionne la série de monnaies gauloises à image du
taureau, une autre à image du lion dans *Tarvos Trigaranus*, Revue celtique,
XVIII, p. 262.

2—255 09.

questions intéressantes, qui ont été débattues par les critiques, mais dont les solutions n'ont pas été trouvées, la cause en étant que ces savants n'avaient pas aperçu que les locutions qu'ils discutaient avaient pour étymologies le thème qui nous occupe — *hu* = dieu.

Hu, ho u, o, hut, hot, ut, ot = dieu, thèmes_gaulois.

Hu et *hut* sont les primitifs des thèmes que porte le titre, les autres thèmes mentionnés en sont des variantes.

Des exemples de ces thèmes présentent, en premier lieu, le nom de la tribu gauloise en latin *Osismii* — ou *Othismos*, selon une liste de noms de villes gauloises datant du Ve siècle, alléguée par M. F. Lot (voir le morceau ci-dessous) et ensuite les noms vieux irlandais *Hu* et *Uther*, suffisants, dans la réalité, pour montrer l'existence, en celtique, des thèmes dont il s'agit. Nous mentionnons en plus le nom de lieu *Utta* en latin (la forêt d'Otte, entre Sens et Torges, dans *Nith. hist.*, II, *Monum. Germ. hist.*, ed *Pertz, Scriptores*, II, p. 658), cf. M. Deloche, *Revue celtique*, XVIII, p. 365, et un nom commun — se trouvant en ancien français — *huihot* = cocu, où entrent les mêmes thèmes *hu* et *hut* et dont la première syllabe est un *hu*, la dernière un *hut* = *hot*. Dans la médiale nous voyons un *i* = dieu, venant probablement (voir plus loin, p. 22) d'un *di* = dieu.

Osismii ou Othismos, Hoés, Hoël, Ahès et Kerahès.

La théorie émise ci-dessus que les noms de la tribu des *Osismii* ou *Othismos* proviennent des thèmes *hu* et *hut* trouve un appui dans une savante étude de M. Ferdinand Lot publiée dans la *Romania* XXIX (p. 380) et intitulée *Le roi Hoël de Kerahès, Ohès le vieil barbé, les «chemins d'Ahès» et la ville de Carhaix*, étude qui donne la preuve d'un culte fortement enraciné du dieu *Hu, Hut* dans les régions dont il y est question, savoir à Carhaix en Bretagne et aux alentours.

Les questions qu'y pose M. Lot sont celles de savoir quelle est l'origine de deux noms d'une figure du poème breton *Le Roman d'Aiquin: Ohès*, seigneur de *Karahès*, aujourd'hui la ville de Carhaix, et *Hoès*, nom qui y alterne quelques fois avec *Ohès* et lequel M. Lot compare au nom *Hoël, roi de Karahès* de la légende de Tristan, — et du nom de la ville *Karahès* (plus tard *Ker-Ahès* en breton).

Pour M. Lot, Ohès est le nom primitif de ces deux noms de personnes. Il provient, selon l'opinion de ce savant, de la seconde partie du nom de la ville *Kar-ahès* = Carhaix, qui, selon lui, est un composé des deux thèmes *kaer* = ville, mot breton, et *ohès*, qui serait devenu *ahès*. La provenance du thème *ohès* de *Karahès* et la raison par laquelle l'*o* d'*ohès* s'est changé en *a*, M. Lot explique ces problèmes de la manière que voici.

Originairement, *Karahès* était — ce que M. Lot paraît démontrer d'une manière incontestable — *Vorganium* ou *Vorgium*, le chef-lieu du pagus des *Osismii* en latin (*Othismos* dans la liste mentionnée du Ve siècle). Au IVe siècle, lorsque toutes les villes capitales gallo-romaines prenaient le nom du peuple dont elles étaient les chefs-lieux, le nom *Vorganium* fut, dit M. Lot, changé selon ce règle et plus tard en *Kar-ohès* = *Kar* = ville + *Osism*(iorum) = *Ohès* en breton. Le développement serait régulier: l'*s* passant en breton à *h*. Le changement *o* — *a* d'*ohès*, M. Lot croit qu'il est dû ou à ce que l'*o*, en breton, avait subi un changement en *a*, comme c'est parfois le cas des initiales *o* bretonnes, ou à l'influence analogique du nom d'un personnage légendaire, «bâtisseuse de voies», du nom d'*Ahès*, dont parle déjà le Roman d'Aiquin mais sans mentionner son nom, et qui est encore aujourd'hui une figure du folklore breton; l'influence en question aurait été causée par le fait qu'à *Karahès*, lieu qui, aux temps des Gallo-Romains, était le plus important de l'Armorique, se croisaient un grand nombre de voies (romaines), et par la fréquente mention probable, conséquemment, selon M. Lot, du nom d'Ahès; Karahès aurait même été pris pour la ville d'*Ahès*.

Concernant les noms *Hoès* et *Hoël*, M. Lot soutient que l'un aurait été influencé par, l'autre aurait été identique au nom du fameux Hoël, comte de Nantes (Xe siècle), héros de contes épiques.

Tel est l'avis de M. Lot sur ces intéressants problèmes. Nous ne sommes d'accord avec le savant celtiste que sur quelques points.

A la solution du problème, nous procédons autrement. Nous

prenons pour point de départ notre hypothèse que les noms de la tribu des *Osismii* ou *Othismos* dérivent des variantes *O, Ot* des thèmes *Hu* et *Hut*, — thèmes dans lesquels nous voyons du reste l'étymologie p. ex. des *Osci* italiques et de la ville, anciennement importante, d'*Atella*, ainsi que (provenant d'Ut), de la ville d'*Utica* en Afrique; il faut, croyons-nous, en tirer, aussi, les noms de lieux du pays de Galles *Aberhotheni* = Castrum *Hotheñi* et *Oscha* dans l'Itinerarium Kambriæ de Giraud de Barri. Nous admettons maintenant que *ohès*, second terme de *Kar-ahès*, a un rapport très étroit avec les ·noms *Osismii* ou *Othismos*, mais nous ne croyons pas qu'il soit formé directement sur ce nom. Le terme *ohès*, seconde partie de *Kar-ahès*, est, à notre sens, une formation encore plus populaire. C'est, à notre avis, un nom qui désigne le dieu suprême *Hu* et qui est tout simplement l'inversion du nom *Hoès* qui est un nom de ce dieu, et de son côté, apparemment, un composé des thèmes *Ho* = *dieu* suprême et *es* = *e* = dieu + une *s* de flexion. Cela paraît plus probable que d'y voir une formation *O* + *h(u)* + *e* = dieu + une *s* de flexion, bien que cette opinion, que nous osons avancer aussi, ne paraisse pas non plus invraisemblable. Ainsi Ohès n'a, selon nous, avec les noms *Osismii* ou *Othismos*, qu'un lien de *sens*, et non pas de *forme*. — Touchant *Hoël*, c'est une variante de *Hoès*, où un *l* final s'est agglutiné à Hoé. Et qu'est-ce que cet *l*? Nous y voyons un abrégé d'*un thème li*, qui est extrêmement fréquent dans la langue gauloise et qui paraît avoir la signification de dieu. Il se rencontre dans le nom de la tribu gauloise des *Lingones* et aussi p. ex., croyons-nous, dans le nom *Colide*, nom des moines celtiques succédant aux druides. (Ce nom se compose évidemment de trois thèmes: *co* + *li* + *de* ∼ *di*, signifiant, chacun, dieu; aussi Cénédé, qui en est visiblement une variante: thèmes *c(o)* + *en* ∼ *in* + *e* ∼ *i* + *de* ∼ *di*.) Et nous nous demandons enfin si ce thème n'est pas le même que le *li* qui fait partie du nom de la langue *pali*.

Nous ajoutons, pour l'affaiblissement de l'*o* en *a* dans *Ohès*, que c'est un changement remontant évidemment très haut. Nous y voyons le changement *O* > *A* qui se trouve dans le nom de la ville d'*Atella*, et un changement commun au gaulois et à la langue osque.

Nous avançons ainsi la thèse que *ahès* de *Karahès* est formé par inversion de *Hoès = Hu + es* et que la signification du nom *Karahès* est *ville du dieu Hoès*. Tandis qu'ainsi le nom *Osismii* montrerait une forme (latinisée) «officielle» du nom de la tribu du dieu (H)o, (H)ot, *Ohès* serait un nom «inofficiel» désignant ce même dieu. — Il va de soi que Ohès le vieil barbé dans le Roman d'Aiquin est le dieu *Hu* lui-même. (Pour Ahès, voir ci-dessous.) L'explication est très naturelle et confirme notre hypothèse sur Osismii.

Nous ajoutons quelques arguments intéressants qui viennent à l'appui de notre dire, en premier lieu celui d'un refrain d'une pastourelle d'auteur inconnu (p. p. M. K. Bartsch dans ses *Alt-französische Romanzen und Pastourellen*, II, 1), refrain fort curieux, qui contient le nom *Hoès*, nom du dieu suprême, et, peut-être, le nom *Ohès*. A d'autres titres aussi, le passage est, comme nous le ferons voir tout à l'heure, d'un haut intérêt. Nous citons la première strophe du poème:

Antre Aras et Douai
defors Gravelle
ensi come chevauchai
trovai Perrénelle
en un pre herbe coillant
et joliement chantant
si com l'ai oie:
'he Huwes au blanc tabart, 
vos ne l'enmoinres mie'.

Il est tout à fait certain que le nom *Huwes* dans ce refrain est le nom *Hoès*, nom du dieu suprême. Dans ce refrain, il est précédé d'un thème *he*, dans lequel on peut voir, peut-être, la deuxième syllabe du nom *Ohè(s)*, mais qui a pu se former aussi de la façon que, dans le mot *hu* = dieu, un *e* = dieu a pris la place de l'*u*. En tous cas, le terme désigne évidemment le dieu *Hu*. Il est joint au nom *Hoès* de la manière usitée en langue gauloise de copuler un nombre plus ou moins grand de thèmes signifiant dieu.

Qu'il s'agisse du dieu *Hu*, cela ressort du contenu de ce refrain que nous considérons être originairement une formule faisant pendant à la formule «jarnigoi». Si le populaire fut, dès un certain temps, contraint à renier ses vieux dieux, il y tenait sûrement toujours — nous en verrons plus loin un éclatant exemple (p. 67) — et en prononçant une formule comme celle dont il est question ici, il se tenait quitte d'un «jarnigoi» qui lui avait été extorqué. — Pour en finir avec le sens de la formule: «(O?)he Hoès au blanc manteau, vous ne pouvez pas l'emporter», il est à présumer que le manteau blanc porté par *Huwes* a trait aux immolations aux dieux des Gaulois par feu: le manteau du dieu suprême signifie très probablement la fumée blanche qui montait des feux où brûlaient ses victimes. Le mot *tabart* = manteau est, comme on sait, un mot celtique.

Ahès, bâtisseuse de voies, était aussi notre hypothèse. *Ahès* est évidemment le féminin d'Ohès et un nom qui était, comme le dit M. Lot, originairement identique à ce nom. Et voici une preuve. Nous avons, dans les noms d'une quantité de bâtisseuses de voies du folklore français qu'énumère M. G. Paris, dans une étude intitulée *«La légende de la vieille Ahès»* (dans la *Romania*, XXIX, à propos de l'étude dont nous nous occupons de M. Lot), assez probablement des féminins de noms composés de thèmes signifiant dieu. L'un de ces noms, *Houdiotte* (Lorraine), se désarticule p. ex. évidemment dans les thèmes *Hou* = *hu* + *di* = dieu + *otte*, dans lequel dernier terme nous rencontrons le thème *ut*, sous la forme latinisée féminine que montre *Utta* (silva), mentionnée ci-dessus. Dans son ensemble, le nom *Houdiotte* est formé exactement comme le mot *huihot*, nommé aussi plus haut (et il semble montrer que *l'i* du mot *huihot* provienne du mot *di* = dieu, voir ci-dessus). — Un seul nom de bâtisseuse, nommée, celle-ci, et par M. Lot et par M. G. Paris, semble venir à l'encontre de notre théorie: *Brunehaut*. Il paraît pourtant possible que ce nom soit composé de *brun* = ours et de *hut*, les Gaulois adorant, comme on sait (voir d'Arbois de Jubainville passim), un dieu ours, et que le nom originel ait été confondu avec le nom de la fameuse Brunehaut. — Comparons enfin le nom *Ahès* au nom mentionné par M. Lot (*ibid.*) *Dahut*, nom de la fille du roi breton légendaire Grallon, et évidemment un composé des thèmes *da* = déesse et de *hut* = dieu.

Nous unirons maintenant à nos remarques sur *Ohès* quelques observations sur le mot de l'ancien français *dahe*, dans lequel nous voyons un argument en faveur de notre théorie sur Ohès.

Dahe

dans les expressions *mal dahe ait, c.* (etc.) *dahe ait*, est, croyons-nous, un *Ahe* < *Ohe* = dieu, précédé d'un *Do* = dieu, — cf. le mot gallois *duw* = dieu — mots dont les deux *o*, devenus un seul, se seraient affaiblis en *a*, selon la loi référée ci-dessus. Un composé analogue est le nom *Dahut*, provenant des thèmes *da* = déesse et *hut*, que nous venons de mentionner.

On a cru que la locution *dahe* proviendrait du mot germanique *he* = haine, précédé d'un *de* = dieu = haine de dieu, et qu'elle daterait du temps des Mérovingiens. Cette théorie est celle de M. Gaston Paris (*Romania* XVIII, p. 469). Elle est adoptée par M. E.-S. Sheldon, dans la *Romania* XXXII (p. 444); ce critique cite à l'appui deux traductions en latin, datant de la fin du XIIe siècle, de l'expression en question, où la locution est rendue par *Dei odium*.

Le plus naturel est pourtant que le mot *dahe*, qui est si fortement enraciné dans l'ancien français et qui est employé — selon M. G. Paris — uniquement dans des *imprécations* et des *malédictions*, ce qui montre un très haut âge, date de l'époque des *Gaulois:* il doit plutôt provenir des *commencements* mêmes qu'être une importation plus récente.

L'argument principal que donne M. Gaston Paris à l'appui de son opinion, — qui, on le verra, nous intéresse à plusieurs titres, — c'est l'existence du mot *he* = haine, mot germanique, dans une expression de l'ancien français: *coillir en he*, traduit par *haïr* (elle se trouve aussi, une seule fois, dans l'expression *prendre en he*, à laquelle on donne le même sens). Il y a, en outre, dans la Chanson de Roland (v. 3771), la variante de *he*: *haur: coillir en haur* (Godefroy).

Il faut pourtant plutôt voir, à notre sens, dans le mot *he*, un *Ohe* abrévié ou un *he* = *H(u)* + *e*, comme *he* de «he Huwes» dans la pastourelle dont nous venons de parler. La forme *haur* vient fortifier cette opinion, c'est une forme qui peut très bien provenir d'un *ho* = dieu, dont l'*o* s'est affaibli en *a*, en position atone, joint à un *u*, signifiant dieu, auquel serait attaché un *r*, reste probable d'un *ri* = dieu (voir plus haut, p. 11).

La difficulté consiste à trouver une solution admissible du sens de la locution *coillir en hé* dans son ensemble. Nous proposons la suivante, qui paraîtra peut-être d'abord inacceptable, mais qui l'est moins, comme on le verra, qu'il ne paraît à première vue. Originairement, *coillir en hé* signifiait, à notre avis, non pas haïr, mais une chose ayant trait aux immolations aux dieux gaulois, car il n'est pas invraisemblable que le mot *en*, qui précède le mot *he*, dans cette expression, soit primitivement un thème *an* ayant le sens de dieu (voir plus haut, p. 12). Cela posé, nous croyons qu'il est permis de dire que «coillir en hé» ait pu signifier, à l'origine, *cueillir*, c'est-à-dire *chercher* des *an he* = des victimes destinées aux immolations au dieu gaulois *Hu* (cf. plus loin, t. II, pour des thèmes approchants), traduction qui expliquerait bien le verbe *coillir*. L'expression en question aurait été modifiée ensuite, l'acception primitive d'*an he* se serait effacée à moitié, *an he* se serait uni plus intimement au verbe, et l'expression aurait pris la signification de *haïr*. La première partie de cette explication, nous la voyons appuyée par quelques mots bretons cités par M. É. Ernault dans une étude intitulée *Sur l'étymologie bretonne*, dans la *Revue celtique*, XXV (p. 290 et suiv.), à savoir: *enquelezr* = géant et *enkeler* = feu follet, *enqueler* = fantôme, aussi la forme *Ankelher* = feu follet. Ces mots viennent, sans nul doute, de *Anke*, variante de *Ankou*, dont nous avons parlé plus haut, nom signifiant apparemment dieu et composé de *An* + *ke* ou *kou*. On aurait pu avoir, tout aussi bien, ici un *An* + *he*, cf. le mot de l'anc. fr. *anhodeure* = gaîne d'épée, qui montre les thèmes *an* + *he*. Les feux follets et les fantômes ont ici certainement trait aux immolations aux dieux (pour l'acception géant, voir plus loin). La seconde partie de notre explication n'est pas assurée, faute de preuves.

Voici maintenant quelques cas où l'on trouve les noms du dieu *Ut* — *Hu* chez les Francs et en ancien français et qui en montrent la fréquence en ancien français.

Ut = l'exclamation «hutz!»

On trouve anciennement, et exactement en 840, une exclamation «hutz!», traduite par l'auteur qui la cite, l'Astronome limousin, par «Hors d'ici!». Ce mot est assurément *Ut* = dieu. L'exclamation en question aurait été employée, selon l'Astronome, par Louis le Débonnaire, au moment de son trépas. Son historien s'exprime en ces termes en racontant cet événement (*Monum. Germ. hist.*, ed. Pertz, *SS*, II, p. 648) (après avoir relaté l'arrivée des prélats et du frère de l'empereur, Drogo, auprès du mourant): ... *conversa facie in sinistram partem, indignando quodammodo, virtute quanta potuit, bis dixit hutz! hutz!* Ce à quoi il ajoute l'explication mentionnée (*quod significavit foras.*). Cette explication, il l'extent, en plus, de la façon que voici: «Unde patet, quod malignum spiritum vidit, cuius societatem nec vivus nec moriens habere voluit». Ainsi, selon son avis, Louis aurait voulu chasser, en mourant, un démon par les mots mentionnés. Évidente méprise de la part de l'auteur, ce qu'a dit l'empereur c'était indubitablement: «Dieu! Dieu!», sous une vieille forme païenne: *Hut*.

Ut! — Outrée!

Dans le Roman de Rou les Anglais se servent comme cri de guerre, à Hastings, du cri d'*Ut!* «Ut!» est donc sûrement un cri de guerre des Anglais — originairement, naturellement, un cri de clan — (Peut-être aussi a-t-il été, réellement, employé comme cri de guerre par les Anglais dans la bataille mentionnée). Voici les vers en question de Rou, v. 13193[1]:

> Normanz escrient: Dex aïe;
> La gent englesche: Ut s'escrie:

Il est singulier qu'ici aussi on ait cru avoir affaire à un cri signifiant «Hors d'ici!». M. Pluquet donne ce sens au cri d'«Ut!». Nous soutenons, pour notre part, qu'il s'agit d'un «Ut!» = Dieu!, cri qui est ici équivalent à: «A la mort!»

Il est à noter, en fait de ce cri, cri des Anglais, qu'on le voit, sous la forme inaccentuée de *Hu*, *Ha*, dans le cri de

---

[1] Éd. F. Pluquet, Rouen, 1827.

guerre d'Édouard III d'Angleterre: *«Ha Saint George!»*[1] (cité par Du Cange, *Du cry d'armes, Diss. XI*, à la suite de son *Glossarium*, éd. G. A. H. Henschel, 1887, 43, 1).

*

Le cri d'Ut a, selon notre avis, eu une très grande fortune: au fameux cri d'«Outrée!», cri des pèlerins surtout, et au cri d'«Outre!», qu'on trouve p. ex. dans Renaut de Montauban, nous donnons pour étymon *Ut!* — selon notre avis, il est croyable que le vieux cri *Ut!*, cri de guerre, nous l'avons vu, des Anglais, s'est ainsi enraciné aussi dans la langue française le dieu *Hu, Ut* étant fort adoré en Gaule. D'un côté, il y a le cri *Outre!*, cri de guerre employé dans des combats singuliers, au moment où le coup mortel est donné, d'autre côté, *Outrée!*, cri des pèlerins, tous les deux conciliables au sens primitif des étymons. *Ut* a passé ici en *Out;* reste le thème *re* ou *ree*, qui s'explique, sans aucune difficulté, comme le thème *ri* = roi, dieu, dont nous avons parlé plus haut; dans Outree il serait suivi d'un second thème *e* = dieu. «Outre», «Outrée» auraient ainsi la signification de *dieu (Ut)*. Nous ne partageons donc pas l'avis de M. Gaston Paris (dans la *Romania*, IX, p. 44) qu'Outrée! signifierait «En avant!»

L'opinion que nous avons émise s'étaie et par le nom de personne Otré, qui se trouve dans les chansons de geste, et par l'étymologie probable d'un autre cri des pèlerins: «asusée!» ou «susée!», dont il convient de dire quelques mots ici. M. Gaston Paris parle de ce cri dans la même étude où il traite d'*Outrée!* et le traduit par «En haut!». Concernant ce vocable, nous émettons, pour notre part, l'hypothèse qu'il dérive du nom du dieu gaulois *Esus* (dieu du reste à demi inexpliqué, qui, selon M. S. Reinach, est, comme Taranis, un dieu gaulois local, *op. cit.*; voir sur ce dieu plus loin, pp. 43 et 50), et dont, comme nous l'avons déjà dit (p. 11), le nom nous paraît être un composé de *E* = dieu + une *s* de flexion + *u* = *hu* = dieu + une *s* de flexion. Par un affaiblissement, qui a souvent lieu

---

[1] Cf. dans *Le Roman d'Aiquin*, éd. F. Joüon des Longrais, Nantes, 1880, v. 1746. «Haa! dist-il, pere de majesté!»

en gaulois en fait d'un *e* atone, l'*e* initial du nom *Esus* se serait, dans *asusée*, changé en *a*; les *e* finals paraissent être des thèmes *e* = dieu. «Asusée» signifierait Dieu (Esus). «Susée» en serait une abréviation. Dans le passage connu sur les pèlerins du Mont-Saint-Michel de Guillaume de Saint-Pair (cité par M. G. Paris, *op. cit.*):

> Qui plus ne puet si chante outrée!
> Et Dex aïe! et asusée!

ces deux cris formés sur des noms de dieux gaulois se seraient ainsi fait entendre en même temps qu'un cri où entre le nom de Dieu, ce qui se concilie parfaitement avec notre conjecture. Pour l'emploi de ces expressions, voir aussi partie III.

Aoi.

Le thème très curieux *aoi*, qui termine chaque laisse de la Chanson de Roland, a été expliqué comme une notation musicale[1], ce qui peut aussi être la vraie solution.

Pourtant, il y a aussi cette possibilité que les trois voyelles du mot seraient les thèmes *e* = *a*, *o* = *u* = *hu* et *i*, signifiant, tous les trois, *dieu*. Qu'enfin, ainsi, *aoi* aurait le sens de *dieu* et qu'il serait, comme «asusée» et «susée», et comme «outrée», une sorte de cri des pèlerins. Ce serait un sens qui s'accorderait bien avec le ton de la Chanson de Roland.

L'opinion que l'*Aoi* du Roland est une cadence musicale est tout de même, avouons-le, la plus probable. Cela ressort de la comparaison qu'a faite M. A. Restori (*loc. cit.*) entre *Aoi!* et *Eya!* et *Aeo!*, refrains de quelques chansons lyriques. *Aeo*, presque identique à *aoi*, se rencontre p. ex. dans une pastourelle d'Ernous li Vielle (*Romanzen u. Pastourellen*, hrsgg. v. K. Bartsch, Lpz. 1870, B. III, p. 235); il y a un refrain *o! aeo! o!* dans une pastourelle du même auteur (*ibid.* p. 236); un *æ!* est le refrain d'une

---

[1] A. Restori, dans *Histoire de la langue et de la littérature française*, p. sous la direction de M. L. Petit de Julleville, I, 1896, p. 392 et n. 4.

Pour les théories antérieures, voir L. Gautier, *La Chanson de Roland*, note au mot «Aoi».

28

pastourelle de Jehans de Braine, imprimée par Bartsch *ibid.* (B. III; p. 225).

Notre théorie qu'*aoi* se compose des termes $a + o + i$ ayant le sens de dieu n'est pourtant pas définitivement exclue, quoique l'on ne puisse citer, à l'appui, que d'autres mots qui sont composés avec ces termes. Pour prouver l'existence de vocables de cette catégorie, nous ferons ici une courte digression.

En titre de spécimen, nous donnons le verbe *aodir* = devenir hébété, qui, à notre avis, se compose des trois termes $a < o$ = dieu, o = dieu, di = dieu. Nous appuyons notre dire par les preuves suivantes. *Aodir* est un vocable qui appartient à un groupe de mots désignant des défectuosités corporelles et mentales, auquel appartient aussi par exemple le mentionné *huihot*, et auquel doivent être comptés des vocables de l'anc. franç. désignant des gueux de diverses espèces (cf. t. II), ainsi le mot *Hubin*, gueux qui formaient une sorte de corporation au moyen âge se soumettant à un chef appelé *le grand Coesré* (— fait mentionné par M. H. Ramin dans son *Notre très vieux Paris*).[1] L'étymologie du nom *Coesré*, que nous nous permettons d'exposer ici, fera voir, avec toute évidence, que l'étymologie proposée pour *aodir* doit être la vraie. Le nom *Coesré* forme, quant aux deux premières syllabes, un parallèle avec le nom du dieu suprême *Hoès* (voir ci-dessus, p. 20): il peut manifestement se désarticuler dans les thèmes co = dieu + e = dieu + une s de flexion + le thème $ri \sim re$ = dieu (roi). Pour les thèmes Coès, *Coesre* peut du reste être comparé p. ex. au nom de la rivière bretonne *Coesnon*, lequel nom est probablement une altération d'une forme *Coesdon*, analogue au nom de la rivière normande *Scardon*. Pour les thèmes $Co + ri$, *Coesre* doit être rapproché du nom de la tribu gauloise des *Curiosolites* ou *Coriosolites*, qui est évidemment un composé, quant aux deux premières syllabes, des thèmes $cu \sim co$ = dieu et ri = dieu. Observons ainsi la série *Coes*, *Coriosolites* formant parallèle avec la série dont il est parlé plus haut (p. 20 et suiv.) *Hoès*, *Osismii*. — Même, ajoutons-le, il n'est pas impossible que les mots *le grand* du nom *le grand Coesre*

---

[1] 3ᵉ éd., Paris, s. d., p. 170.

signifient dieu: ils peuvent être une altération d'un thème antéro-main *igoranda*, probablement une suite de termes gaulois ayant chacun le sens de dieu (pour le terme *gor*, c'est, sans doute, $go + r(i)$), devenue *Ygrande*, *Ingrande*, noms de lieux, mentionnés par M. A. Longnon dans ses *Les noms de lieu de la France* (I, 1920, p. 72, 73).[1] Cf. aussi le nom *Ingrant*, dans *Aiol*, ainsi que le juron anc. français *le grant diable*, qui s'explique par ce thème d'une façon très satis-faisante. Dans le cas cité, le thème *li* ∼ *le* aurait pris la place du thème *i*. [— Ajoutons, pour le mot *Hubin*, mentionné en pas-sant, qu'il consiste dans le thème *hu* = dieu et un terme *bin*, auquel nous reviendrons dans ce qui suivra, mais au sujet duquel nous disons déjà ici qu'il nous paraît être le même thème que celui de la deuxième syllabe du nom du dieu italique *Robigo* que mentionne par exemple Ovide dans ses Fasti (voir, p. 11 et p. 61), thème dont serait aussi formé le mot *bot* = $b(i) + ot =$ *ut* (voir p. 11).]

En fait du thème *aoi*, on peut faire mention aussi du mot *aiol* — thèmes $a + i + o + l(i)$, — espèce de serpent, mot qui se rencontre dans la chanson de geste du même nom (Godefroy) et dans lequel on doit peut-être voir un vocable qui signifie dieu (ici serpent dieu).

Cahu II.

Il apparaît déjà par ce qui est émis que *Cahu* est le nom d'un dieu gaulois et que ce nom consiste dans les thèmes gaulois $ca(t) =$ chat (bête féroce) et *hu* = dieu (suprême).

Quelques lignes seront ici consacrées spécialement au thème *ca* du nom *Cahu*.

Mentionnons pourtant d'abord, en fait du mot dans son en-semble, qu'il y a, en ancien français, des mots composés avec le terme *ca* et un terme signifiant dieu. Premièrement, nous donnons comme exemple une expression consistant exactement

---

[1] A. Longnon, *Les noms de lieu de la France*, p. p. P. Marichal et L. Mirot.

dans les thèmes *Ca + hu: Kahu Kaha* (XVe s.) ou *Cahin Caha*
(XVe s.) = mal.   M.M. Darmesteter et Hatzfeld donnent comme
étymologie de cette locution *qua hinc qua hac*, ce qui paraît être
une erreur. — D'entre ces mots, où nous avons l'alteration *hu,
ha*, la forme *Cahin* est surtout intéressante: la voyelle *u* de *hu*
a été remplacée, dans ce mot, par le thème *i ~ in* = dieu. (On
peut faire observer ici, en passant, que le thème *hin*, cf. *Hin* ou
In (fleuve), = *H(u) + in* = dieu, est sans doute le mot *hin* signifiant
diable qui se trouve p. ex. en suédois): enfin, *c'est là Caïn dont on a
voulu faire venir Cahu, et dont l'h a disparu*; le nom figure parfois
comme nom de dieu dans les poèmes épiques.   Cf. aussi le nom
de dieu *Quaida = Ca + i + da < do* (E. Langlois, *op. cit.*)[1] —
Un exemple d'un vocable composé avec un terme *ca +* un autre
mot que *hu* ou *i*, ayant le sens de dieu, donne le mot *cagot*, signifiant ou lépreux ou superstitieux, dans lequel le mot *got* = dieu,
dont la provenance se fait sentir dans la deuxième signification,
est ajouté au mot *ca(t)*.   Les vocables mentionnés appartiennent,
on le voit, aussi au groupe des mots désignant des défectuosités.

Ca.

Dans ce qui précède, le thème *ca* a été déjà mis en rapport
avec les monnaies gauloises à image du lion, et nous avons dit
que le plus naturel est que le thème *ca* de *Cahu* ait eu exactement l'acception de lion.   Cf. ici le mot ancien français *caslion*.
Mais on pourrait voir aussi, dans *Ca*, un [dieu] tigre.   C'est là un
point à discuter.   Il y en a aussi d'autres concernant le thème *ca*
qui méritent d'être relevés, celui surtout que le dieu chat paraît
être uni, dans les anciennes légendes, à un autre dieu gaulois,
Balanos, de manière à ne former avec lui qu'un seul dieu.

Le plus convenient est de commencer par ce dernier point,
qui fournira aussi d'intéressants renseignements sur le dieu tigre.

Il s'agit du nom d'un «chat» appelé en gallois *Cath Paluc*.   C'est

---

[1] Nous voyons aussi p. ex. dans le nom *Kaherdin ~ Cahadin* un nom
signifiant originairement dieu chat.   Le nom se compose, sans doute, des
thèmes *Ka = chat + h(u) + e* = dieu *~ ha + r(i) + din* (cf. *Dinabuc*).

un chat monstre dont parlent plusieurs récits gallois. (Cath Paluc est traité par M. E. Freymond, dans les *Beiträge zur romanischen Philologie*, 1899, p. 311, par M. G. Paris, dans la *Romania* XXIX, p. 121, et par M. J. Loth, *ibid.*, p. 125). Nous référons d'abord ce qu'a émis M. G. Paris (*loc. cit.*) concernant ces récits gallois: «*Cath Paluc*», dit-il, «conçu comme un monstre redoutable, remonte probablement à une époque antérieure à la domestication du chat en Occident et peut fournir un argument à ceux qui croient que le nom même du chat est d'origine celtique»; il range ensuite *Cath Paluc* dans la mythologie des Celtes. Ajoutons que le même nom se trouve évidemment aussi sur territoire gaulois, à savoir dans le nom *Le Chêne-Lapalud*, près Angers, (Rolland, *Flore populaire*, t. X, p. 139, voir pour ce mot plus loin, pp. 43, 44): Cath Paluc peut ainsi être rangé aussi spécialement dans la mythologie gauloise.

Pour le nom, *Chat Paluc*, M. Paris (*op. cit.*) le laisse inexpliqué.

Voici d'abord l'explication que nous donnons de ce nom.

M. J. Loth (*loc. cit.*) mentionne une variante: *Balug* du surnom *Paluc* du Cath Paluc. Mais il considère comme suspect le document où figure ce nom. Malgré cela et bien qu'il puisse y avoir d'autres explications, il semble, à notre avis, que *Balug* soit le primitif d'où est sorti le nom *Paluc*. De fait, en examinant de près le nom *Balug*, il paraît qu'il se compose du nom *Bal* = le dieu celtique *Balar* + le thème *u* ayant le sens de dieu et un *g* ou un *c*, reste évident d'un *got* ou d'un *cot* signifiant dieu. Le changement *b* > *p* n'a rien qui étonne. Il est dû, évidemment, à la sourde précédente, *t*, cf. la *Revue celtique*, XVIII, p. 129.

Plusieurs raisons parlent pour cette explication. D'abord, dans la mythologie irlandaise, le dieu *Tigernmas* (pour le terme *mas*, voir plus loin), est identique — selon l'avis de M. d'Arbois de Jubainville — au dieu Balar. — *Cath Palug* serait-il donc un dieu tigre? (Cf. partie II.) Toujours est-il qu'il y a ici un appui de l'étymologie que nous avons proposée.

Notre interprétation trouve aussi un argument en sa faveur, bien qu'assez faible, dans la manière dont est représenté Cath Paluc dans la *Bataille Loquifer* (composée après 1175, passage mentionné par M. Freymond, *op. cit.*). Cath Paluc y figure, dans le pays des fées, avec la tête d'un lion, le corps d'un cheval et des pieds de grifon, ce qui peut répondre, croyons-nous, à ce que ce dieu était réellement représenté sous ces diverses formes: le lion serait = Cath, le cheval = le dieu Balar, qui doit avoir été représenté comme cheval, à en juger par exemple par le nom du cheval mythique *Bayard*, altération probable du nom gaulois *Balanos* ou *Belenos*. (Voir pour Balanos cheval plus loin, p. 56.)

Cath Paluc, émettons-nous ensuite, est visiblement une forme du dieu *Cahu*.

Une preuve que Cath Paluc est un dieu fournit le *Romanz des Franceis* d'André, qui rapporte une tradition selon laquelle Capalu aurait tué le roi Artur et aurait passé ensuite en Angleterre, où il devint roi (cit. par M. Freymond, *op. cit.*, pp. 332, 333). Voici les vers du *Romanz* qui mentionnent cette tradition:

> Que bote fu par Capalu
> Li reis Artur en la palu,
> Et que le chat l'ocist de guerre,
> Puis passa outre en Engleterre,
> Et ne fu pas lenz de conquerre,
> *Ainz porta corone en la terre*
> *Et fu sire de la contree.*

Du reste, André s'y oppose en poursuivant:

> Ou ont itel fable trovee?
> Mençonge est, Dex le set, provee:
> Onc greignor ne fu encontree.

Le dieu chat Chapalu étant évidemment très puissant, ce passage nous amène à avancer aussi cette théorie concernant le dieu chat gaulois qu'il est le *Chat botté* des contes des fées français, laquelle figure des contes des fées est ainsi une survivance jusqu'à nos jours du dieu en question. Le Chapalu d'André a exactement les allures du *Chat botté*. La preuve nous offre l'étude déjà mentionnée (p. 11) de M. Ch. Joret. Nous trouvons, on se le rappelle, dans cette étude, le mot *bot* = *got* signifiant dieu, composé, croyons-nous, du thème $b(i)$ qui se trouve dans *Robigo* (voir p. 29 et plus loin, p. 61) + *ot* = *ut* = dieu. Ajoutons un *e* = dieu à ces termes, et nous avons le mot *bot(t)é*. Le mot entier *Chat botté* se trouve même, par un heureux hasard, dans cette étude. Cela sous la forme *cal'boté*, verbe = se former en grumeaux. Les différents termes de ce mot sont apparemment: ca = chat $+ l(i)$ = dieu $+ bot$ = $b(i) + ot$ = dieu $+ e$ = dieu. Le mot *cal'boté* signifie ainsi *chat dieu*. Reste à expliquer la signification de *se former en grumeaux*. C'est, à notre avis, une expression remontant aux immolations au dieu chat gaulois: l'expression répond assez bien au genre d'immolation que mentionne la scolie citée par M. Reinach pour le dieu Esus dans l'étude *Teutatés, Esus, Taranis*, dans la *Revue Celtique*, XVIII, p. 141: *Hesus Mars sic placatur: homo in arbore suspenditur usque donec per cruorem* (?) *membra digesserit*. La différence entre le mot *cal'boté* et les mots *Chat botté* consiste seulement en un $l' = li$ dieu dans le premier vocable. Le *Chat botté* des contes des fées signifie ainsi Chat dieu et doit être originairement le dieu chat gaulois.

Que le chat des contes fût fort riche, il possédait des terres immenses, cette tradition a dû répondre à la vérité.

D'abord il y a les monnaies à image du lion qui portent témoignage de l'extension du culte du dieu chat gaulois. Ensuite, le grand nombre de noms de tribus gauloises dans lesquelles entre le mot chat: *Catu-velauni, Catu-riges, Duro-casses, Vidu-casses, Bodiocasses, Andecavi*, qui sont apparemment autant de tribus adorant le dieu chat. Car c'est évidemment une erreur que de croire, comme on l'admet généralement, que le mot chat signifie ici *bataille*, acception secondaire, qui dérive du mot chat (bête féroce). De même, nous voyons dans le nom de lieu *Catu-magum* un composé avec un thème *catu* = chat: *Catu-magum* a dû signifier *champ du* (dieu) *chat*, et non pas champ de bataille. C'était évidemment, à l'origine, un lieu d'adoration et d'immolation, comme le fameux *Mag-slecht* en Irlande sur lequel nous reviendrons plus loin (t. II).

Pour ce qui est des noms de ces chats des tribus gauloises, il paraît qu'ils représentaient diverses espèces de chats: ainsi les *Catuvellauni* les chats des futaies, les *Bodio-casses* des chats jaunes.

Et on peut se demander ici si les Gaulois ne comptaient pas exactement *trois* espèces de dieux chats. Il paraît qu'il l'ont fait,

34

à en juger par le nom de la tribu gauloise *Tri-casses* (nom qui a un pendant dans le nom de famille *Trencaleon* ou *Trenquellion*).[1] Nous sommes même tentée de penser que ces trois espèces de chats étaient les trois expèces suivantes: des *blancs*, des *roux* et des *noirs*. C'est un passage de l'«Entrée d'Espagne» qui nous fournit cette idée. Cette chanson de geste a le passage suivant, en faisant une énumération de divers peuples «sarrasins», v. 13270:

Li Blach, li Ros, les Nors, les Acoppart.

(Touchant les Acoppart, voir t. II.)

Ces noms, donnés comme noms de peuples sarrasins, nous paraissent être des noms désignant divers peuples gaulois, adorant chacun une espèce de chats.

C'est ce qui paraît ressortir des rapprochements suivants. Un rapprochement d'abord entre le nom *Blach* et le mot et nom *Blacatz* cités par M. S. Stronski (op. cit.), lequel mot ne peut être autre chose que *chat blanc*, c.-à-d. *lion blanc*. Autre rapprochement: les *Ros* et le nom de famille *Rascas*, nom que nous fournit aussi M. Stronski et qui est évidemment = *Roscas*. Ce nom doit signifier *chat rouge* (ou *lion rouge = lynx*). On peut mentionner, à l'appui, que le nom *le Rouge Lion* se rencontre comme nom de deux Sarrasins dans les chansons de geste. C'est sans doute aussi ce même nom *Ros* qui entre comme thème principal dans le nom de *Roto-magum* (> Rouen), lieu qui a dû être originairement, comme *Catu-magum*, un lieu d'adoration et d'immolation.[2] Enfin, quant aux *Nors*, on peut se demander s'ils ne désignaient pas des *tigres*. (Cf. le dieu irlandais *Tigernmas*.) Le mot *nor* a eu, en gaulois, la signification de *noir:* M. É. Ernault a émis concernant *noz* = nuit, mot breton: «= *nox*, qui paraît avoir été gaulois, comme latin».[3] Cf. *Norica* = *Nursia* en Italie, où, selon Tite Live, était adorée une déesse *Nortia*. (Nous reparlerons plus loin du thème Nor, p. 87.)

Ces bêtes féroces n'existaient pas toutes aux lieux qu'habitaient

---

[1] S. Stronski dans la *Revue des langues romanes*, L, p. 33, n. 4.

[2] Cf. F. Liebrecht et H. Gaidoz, *Revue celtique*, I, p. 137 suiv.

[3] *Études gramm. sur. l. l. c.*, I, p. 28.

les Gaulois. Il y avait des lynx certainement. Pour cette opinion parlent les l'interjections *Gaz!* breton et *Catro!* espagnol. Les autres représentent des périodes antérieures ou aux mêmes endroits ou autre part.

Nous poursuivrons maintenant la question du dieu tigre. Ce dieu probable a pu être nommé Cahu. Il porte, à ce que nous croyons, deux noms spéciaux: 1° *Tafur;* 2° *Art.*

1° *Tafur.*

M. P. Meyer a fait un court résumé de l'histoire du nom *Tafur* dans une note dans sa traduction de Girart de Roussillon (64, n. 2). Il croit que Tafur est de provenance arabe, «bien qu'il y ait doute» — dit-il — «sur l'étymologie». — La signification du mot est dans Girart de Roussillon *guerrier* («il jura par Saint Martin le bon tafur»). Mais, dit M. Meyer, souvent le mot a le sens de *truand.* *Tafur* est, du reste, selon lui, employé pour la première fois dans les *Gesta Dei per Francos* de Guibert de Nogent, où il est un surnom, «le roi Tafur», (selon Guibert = *truand*) d'un chevalier qui s'était mis à la tête d'une troupe de gens sans aveu qui faisaient partie de la première croisade. Le «roi Tafur», ajoute M. P. Meyer, figure aussi à la cour de Charlemagne et paraît être une sorte de roi des ribauds.

Nous complétons ces remarques par l'exemple suivant, tiré de Renaut de Montauban (éd. Michelant, p. 394: 29):

> *Par icel Dex de gloire qui confondi Tafur,*

Cet exemple suffit pour montrer que le sens de dieu est le sens primitif du mot. (Pour le sens de guerrier, cf. *chat* et *bataille* ci-dessous.) Tafur = truand est une acception parallèle, analogue à *cagot, huihot, hubin,* etc., sur lequel nous reviendrons (t. II).

Quelles sont donc les raisons qui nous amènent à croire que *Tafur* est le nom d'un dieu chat tigre?

La raison repose sur l'étymologie du mot *tafur.*

Nous divisons ce mot en deux parties: *Ta* et *fur.*

Commençant par le dernier terme, nous émettons que ce thème est une variante du mot *hu* = dieu; l'on trouve p. ex. cette variante, à notre avis, dans le mot breton *cahun ~ cuffun* = couvre-feu, mot qui paraît provenir de *ca* + *hu*. Cf. notre chapitre sur les immolations aux dieux, t. II.

Le premier thème *Ta* est manifestement une altération du thème *ti*, même thème que la première syllabe du mot gaulois *tigerno;* il paraît avoir le sens de tigre, car ce même thème se trouve dans les mots espagnols *tido* et *tida*, qui ont la signification de jeune tigre et de tigresse. Ces mots ont cet intérêt en outre qu'ils se montrent comme des composés avec les thèmes *do* et *da*, qui ont le sens de dieu et de déesse. Ils constituent ainsi une preuve pour l'existence en Espagne d'un dieu tigre. C'est visiblement aussi le même thème *ti* = tigre qui forme le mot gaulois *ti* = maison, à comparer avec le mot ancien français *cas* = maison, évidemment = abri contre l'assaut des bêtes féroces ou maison construite pour tuer ces bêtes; voir ci-dessous, p. 40.

Pour devenir *ta*, le thème *ti* a peut-être simplement passé, en position faible, en *te* et ensuite en *ta*, par une loi de la langue gauloise déjà mentionnée.

On en a aussi la forme *tai*, il y a quelque intérêt à la mentionner, thème que l'on trouve dans les mots vieux français *tayon* et *taie* = grand'père et grand'mère, qui peuvent être formés simplement par inversion sur un thème pareil à celui que présente le vieux breton *Tiarn* = chef, dérivé du gaulois *tigerno*, cf. le mot irlandais *tigerne* = seigneur, et formé probablement sur $ti + a < u$ = dieu; les mots *tayon* et *taie* seraient ainsi dus à la vénération des petits-enfants pour leurs aïeuls. La forme *tai* se rencontre aussi dans le cri *taiaut!*, mot de l'ancien français (qui se trouve p. ex. dans le fabliau Constant du Hamel et qui subsiste encore dans des traditions populaires françaises. M. Sébillot en cite deux exemples dans son *Le folklore de France*). Le mot *taiaut* représente, selon nous, les thèmes suivants: $tai < ti$ = tigre $+ i + a < o$ = dieu $+ ut$ = dieu. Enfin, c'est le même mot à peu près que *Tafur* (cf. aussi *Tiarn*). M. Sébillot nous paraît en donner une preuve dans *Le folklore de France*. Dans l'exemple dont il s'agit, un moine de Laval-Dieu est forcé par le diable à faire trois fois le tour des Grands-Bois en excitant les chiens, comme s'il était à la chasse, et en criant *Taiaut! Taiaut!*; cette tradition dit que le moine alors cria *Ouh! Ouh!*

ta! ta! taiaut! taiaut! Il paraît assez probable que le cri *Ouh! Ouh!* est un équivalent à *ut* de *taiaut*, et que le terme *ta* équivaut à *ta* de *tai*.

Il convient de dire aussi un mot sur l'autre exemple de taiaut qui se rencontre chez M. Sébillot, et lequel est fort curieux: il décrit une chasse où sont employés une quantité innombrable de chiens et où le veneur principal, qui porte une écharpe rouge, est appelé Halequin, mot qui se compose évidemment des thèmes $Ha \sim Hu$ $+ le \sim li + qu(o) + in = Hu$ dieu. On se demande si cela n'était pas la manière dont était organisée, originairement, une chasse à tigre et si Halequin n'était pas un cri poussé par le veneur, et qui désignait le tigre.[1] (Voir pour *chasse Hellequin*, qui a aussi un autre sens — elle a trait aux immolations aux dieux, — t. II). Le nom *Taffur* se rencontre intimement uni au mot halequin dans deux vers cités par M. F. Lot dans une étude intitulée *La mesnie Hellequin* (*Romania*, XXXII, p. 440). Voici ce passage:

> Et li rois des *Taffurs*, o lui sy halequin
> Qui plus aiment *bataille* que li glos ne fait vin,

Remarquer *bataille*, cf. *cat* = *bataille*, cf. *tafur* = guerrier.

En terminant la question *Tafur*, nous émettons que *Tafur* est peut-être un autre nom du dieu *Toutatis:* le nom *Toutatis* se compose peut-être de trois thèmes tigre: $T(i) + ou =$ dieu $+ ta + ti$.

2°. *Art.*

Nous croyons aussi que le dieu tigre a été appelé *art*.

M. d'Arbois de Jubainville dit dans ses *Études grammaticales sur les langues celtiques*, I, 1881, p. 41*, en fait du thème *art*, que ce mot a le sens de *pierre, haut, dieu* en vieil irlandais, et *ours* en gallois, mais qu'il ne connaît pas sa signification première. Nous croyons qu'il eut primitivement la signification de *tigre*.

A notre avis, le dieu gaulois *art*, dont parle, à maint endroit, M. d'Arbois de Jubainville, est = *Arthaios* et était originairement un dieu tigre — fém. (*And*) *arta*, adorée surtout à Die, qui en tire son

---

[1] Cf. Gervais de Tilbury, *Otia imperialia*, II, XII, éd. F. Liebrecht, Hannover, 1856.

nom, par abréviation: Dea Andarta ~ Dea, voir Longnon, *op. cit.*, I, pp. 114, 115. — Il est aussi, croyons-nous, probable que le thème présumé ibère *arthig* = défrichement, essart, dont traite M. Longnon aussi dans ses *Les noms de lieu de la France* (I, p. 24), signifie *tigre*. — Nous croyons enfin que le thème *art* a passé de l'acception de tigre à celle d'ours, faute de tigres et à cause de sa couleur sombre.

En tête des remarques qui suivront nous mettons un passage, considéré comme fort obscur, du Roman d'Aiquin.[1] Ce passage est celui-ci (v. 1309):

D'autre part Rence ou flote Chaliart.

On n'a pas pu résoudre l'énigme du mot *Chaliart*. L'éditeur du Roman d'Aiquin, M. Joüon des Longrais, avance que Chaliart serait un nom de personne, à savoir celui du chef païen commendant les vaisseaux du roi Aiquin. Mais il semble clair que le mot *Chaliart* ait un tout autre sens. Il doit évidemment être mis en rapport avec le mot *cal'boté*, mentionné ci-dessus, pp. 32, 33. Comme *cal'boté*, chaliart a certainement trait aux immolations au dieu chat, chose fort importante, car *Chaliart*, qui paraît être un bateau en feu rempli de victimes immolées à ce dieu (voir plus loin, t. II), — flotte, dans le poème, sur une rivière bretonne, la Rance. (Nous reviendrons sur cela, partie II.) Les deux premiers thèmes de *Chaliart* sont $Cha + li = ca + l'$ de *cal' boté*; le dernier thème, enfin, *art* doit aussi signifier dieu, ou, peut-être, signifie-t-il tigre. Pour la manière d'immolation dont il est question ici, il ne s'oppose pas à la scolie de Lucain, citée par M. Reinach (*op. cit.*, p. 142) pour «Teutates Mars» — qui paraît être le dieu *tigre* —: («sanguine diro placatur, sive quod proelia numinis ejus instinctu administrantur), sive quod Galli antea soliti ut aliis deis huic quoque homines immolare».

En second lieu, nous mentionnons un passage d'un récit vieil irlandais qui est cité par M. d'Arbois de Jubainville, (*Les dieux celtiques à forme d'animaux*, Revue celtique, XXVI, p. 196), où il dit: «On disait d'Eochaid, prince irlandais du IIIe siècle qu'il était

---

[1] Éd. F. Joüon des Longrais, Nantes, 1880.

beau comme *art*, c'est-à-dire comme *ours*.» A notre sens, il est difficile d'admettre qu'on puisse être beau comme un ours, cette expression s'applique mieux au tigre.

Nous appuierons notre avis aussi par une nouvelle interprétation de la tradition connue d'une lutte entre Artus et un chat monstre, légende qui est traitée par M. E. Freymond, dans un mémoire intitulé *Artus' Kampf mit dem Katzenungetüm. Eine Episode der Vulgata des Livre d'Artus. (Beiträge zur romanischen Philologie*, 1899, p. 311, cf. plus haut, p. 32).

Cette légende est localisée exactement dans le sud-est de la France, où le dieu Arthaios et la déesse Andarta paraissent avoir été spécialement adorés.

Dans quelques versions de la légende, c'est Artus qui sort vainqueur de la lutte, dans d'autres, il est lui-même tué par le chat.

La légende est racontée avec le plus de détail dans le *Livre d'Artus* (composé vers 1230), qui est aussi la version la plus ancienne. Dans cette version, le combat a lieu près du lac de «losane». La légende est combinée au voyage d'Arthus en Italie, raconté par Monmouth et par Wace, et dont la cause aurait été la venue en Angleterre d'une ambassade d'Italie exigeant un tribut. Artus part pour l'Italie et vainc les Italiens dans une bataille entre Langres et Autun, après quoi il est averti par Merlin, qui l'accompagne, qu'un chat horrible dévaste la contrée où l'on se trouve; le chat a son repaire, «une cave», non loin de là. Merlin prie Artus de venir en aide aux habitants, Artus se rend à «la cave», Merlin siffle, le chat sort, Artus l'attaque et le tue.

Depuis 1232, la légende est, selon M. Freymond, localisée en Savoie, au *Mont du Chat* près du lac du Bourget. Cette localisation remonte pourtant, à l'avis de M. Freymond, au XIIe siècle.

Le chat est appelé *Capalu* dans le *Romanz des Franceis* d'André.[1]

Cette légende est, croit M. Freymond, de provenance littéraire. Elle serait venue d'Angleterre et proviendrait des contes gallois dont nous avons parlé plus haut en fait de Capalu, auxquels contes sont mêlés Kai et Artus. La venue en Savoie de

---

[1] Ces sources et les suivantes sont toutes citées par M. Freymond, *op. cit.*

la légende serait due aux rapports de la maison comtale de ce pays avec les maisons royale et comtale d'Angleterre et de Flandre.

M. G. Paris a émis là-dessus un autre avis (*Romania*, XXIX, p. 123). L'origine de la légende du chat serait, selon lui, un phénomène naturel: une formation dans la montagne du Chat, ressemblant au corps d'un chat décapité. La part d'Arthus dans la légende ne proviendrait pas d'une influence des légendes galloises mais d'une influence des légendes italiennes sur Arthus.

Pour nous, l'influence littéraire indéniable, dans la légende, a moins d'intérêt que le côté populaire.

Un examen, à ce point de vue, de la légende donne des résultats assez importants.

Il a dû exister au Mont du Chat — cela paraît clair — une tradition d'un chat monstre. Cette tradition venait peut-être, comme le croit M. Paris, de l'empreinte mentionnée à forme de chat dans la montagne. Peut-être aussi un dieu chat avait-il été adoré en ce lieu. M. Freymond rapporte une tradition d'après laquelle il y aurait eu, en haut de la montagne en question, un temple gaulois du dieu *Tuates*, nom qui est évidemment le même que *Toutatis* (dieu tigre?). Mais M. Freymond ne connaît pas l'âge de cette tradition. — Peut-être enfin, la tradition du chat repose-t-elle sur l'existence, dans un temps très reculé, dans ces contrées, d'une bête féroce féline. Un auteur du XVIe siècle, Joannes Reinerus, raconte — récit qui a une apparence très véridique — qu'à ce lieu un chat aurait été tué par deux des chevaliers d'Artus. On avait dressé, pour le tuer, une cabane remplie d'agneaux, au devant de laquelle on éleva deux autres logis, à la suite l'une de l'autre, la plus proche desquelles avait un trou «qui flanquoit droit du long de la machine», par lequel on tirait avec des flèches sur la bête, attirée par le bêlement des moutons. — M. Freymond rappelle ici qu'une machine de guerre était appelée, au moyen âge, *chat*, mot qui nous amène aux temps préhistoriques. — Reinerus donne aussi une description du chat. Il était — dit-il — de grandeur excessive et «tiroit plus tost sur le tygre». — La version du Livre d'Artus rapporte aussi que le chat était de couleur noire.

Cela émis, nous passons à l'explication du rapport d'Artus avec le chat.

A cette fin, nous soulignons les noms que donnent au *Mont du Chat* et *Les Anciennes Chroniques de Savoie* (commencement du XVe s. ou fin du XIVe s.) et une généalogie des comtes de Savoie du XIVe s. (citées toutes les deux par M. Freymond): la première l'appelle *Mont du Chat Artiam*, la dernière *mont du chat arthus*. Dans ces dénominations nous voyons de très anciennes survivances d'un nom *arthi* = tigre, répondant à notre théorie sur l'acception première du nom du dieu *Arthaios*, du thème *arthig*, et du thème *art* du mot *Chaliart, et nous disons qu'Arthus, dans cette légende, est originairement le chat monstre même, appelé art, Arthi, Arthaios.*

Le nom du chat étant *Arthi*, le héros Artus a été, d'une manière fort compréhensible, confondu avec le chat, il est entré dans la légende à une époque où l'on ne se rappelait plus la provenance du mot *Arthi*. C'est une confusion qui a pu se produire, du reste, à tous les lieux où vivait le nom *Arthi*. Et dans le cas présent, il a pu être question aussi, dans la réalité, d'un chat *arthi* dévastant la contrée près du lac de «losane». — Pour Arthus, il a fait évidemment un voyage en Italie, justement parce qu'il y avait confusion entre Artus et le chat *arthi*, et parce qu'il y avait eu un *arthi* aux confins de ce pays.

La chose devient encore plus claire, si l'on se rappelle qu'Artus, en combattant le chat, a été tué aussi par ce monstre. C'est là évidemment le comble de la confusion. Le chat est mort. Mais le chat c'est *Arthi*. Ainsi Arthi-us est mort. Enfin Arthus est mort en combattant le chat. Voilà une preuve très sûre pour la vérité de notre thèse. Cette légende aussi a pu se raconter dans tous les lieux où il y avait confusion entre Artus et un *arthi* et où l'on racontait la mort d'un arthi.

Enfin Artus est venu, après sa mort, à l'île d'*Avallon*. Selon une version de la légende, il y est emmené par le chat, ce qui constitue une preuve en plus pour la vérité de notre dire. Pour *Avallon*, nous osons avancer qu'il y a là aussi peut-être une preuve. M. F. Lot émet que le Celtes croyaient à une île mystérieuse où régnait le dieu *Avaloc* et ses filles[1], ce qui peut être l'origine de l'île d'Avallon. Mais il nous semble pourtant que le nom *Catu-vellauni* = chats des futaies (= pommeraies ou coudraies) a pu y être pour quelque chose. Cette supposition trouve une sorte d'appui dans des légendes médiévales qui racontent qu'à Avallon et dans le pays des fées, Cath Paluc, Artur et Raynouard luttent encore, l'un contre l'autre. M. Freymond a référé, *op. cit.*, ces légendes, qui se trouvent dans la Chevalerie Ogier et dans la Bataille Loquifer. — (Dans la Chevalie Ogier, Cath Paluc est le roi des luitons, ce qui indique l'immolation par feu à ce dieu, les luitons étant certainement des immolés aux dieux gaulois, péris par feu (voir t. II). Pour le vocable *luiton*, nous avançons qu'il peut être formé des thèmes $lu = l(i) + u$ = dieu $+$ i = dieu $+ t(i) + on$ = dieu.)

Aux remarques émises sur le dieu gaulois Cahu, nous ajoutons ici quelques observations sur la provenance des thèmes *cassinus* > chasne = chêne et *garric* = chêne.

*Provenance de *cassinus* > chasne = chêne et de garric = chêne.*

Sur la provenance du mot gaulois hypothétique *cassinus*, généralement admis comme l'étymon du mot anc. franç. *chasne* = chêne, on a émis qu'elle aurait peut-être quelque rapport avec le mot osque *casnar* = blanc (Körting, *Lateinisch-romanisches Wörterbuch*). Mais à notre avis, le mot *cassinus* paraît dériver du mot gaulois *catu* = chat (qui, du reste, pourrait aussi être l'étymon de casnar). Et d'après cette étymologie, le mot *chasne* = chêne désignerait un dieu arbre(chêne)-chat.

Mentionnons ici que la combinaison dieu arbre-animal a été faite par M. S. Reinach à l'occasion des figures des autels de Notre Dame et de Trèves représentant un saule joint à un taureau.[2] Mais nous n'appuyons pas l'opinion dieu arbre(chêne)-chat par l'interprétation que fait M. S. Reinach des figures de ces autels. Car, pour des raisons que l'on va voir, cette interprétation nous semble inadmissible. Les figures en question nous intéressant ici, nous reproduirons pourtant l'opinion du savant archéologue.

---

[1] F. Lot, *Glastonbury et Avalon*, dans la *Romania* XXVII, p. 553.

[2] *Tarvos Trigaranus, Revue celtique*, XVIII, p. 253.

Il s'agit, en fait de l'autel de Notre Dame, d'un saule qu'abat un bûcheron, scène se trouvant sur l'un des côtés de l'autel, avec une inscription *Esus*, nom du bûcheron, et d'un taureau, représenté sur un autre côté de l'autel, derrière lequel on voit un saule continuant le feuillage du saule qu'abat Esus, avec une inscription *Tarvos Trigaranus*. M. Reinach avance, en fait de ces figures, comme nous l'avons fait entendre, que le saule serait une divinité, dieu arbre et dieu taureau. Il y a de même, sur l'autel de Trèves, un bûcheron qui abat un saule, en haut duquel on voit une tête de taureau; M. Reinach donne la même interprétation des figures de cet autel que de celles de l'autel de Notre Dame.

Nous sommes, nous l'avons dit, d'un autre avis que le savant archéologue: le saule qu'abat Esus est, à notre sens, l'image de l'homme, mis à mort par Esus, qui paraît être le seigneur de la vie. Sans nul doute, Esus est aussi un dieu arbre. Le taureau, qui est la figure principale du groupe saule-taureau, semble être la caractéristique de l'homme et en même temps la divinité à laquelle il se soumet. Touchant le saule, il est probablement aussi spécialement le symbole de quelque trait humain. — Le saule-taureau des autels de Notre Dame et de Trèves ne nous fournit donc aucun appui pour notre théorie *cassinus < catu*. Mais il touche pourtant notre sujet et la figure d'Esus nous donne l'occasion de résumer, ici, en passant, ce que nous avons, au courant de cette étude, émis sur Toutatis, Esus et Taranis — ces dieux des Gaulois semblent être le dieu tigre, le dieu arbre et le dieu taureau.

Pour étayer notre hypothèse, nous nous servirons uniquement d'une série de noms qui désignent le chêne et qui font voir que cet arbre a dû être considéré comme un dieu chat. Ces noms nous sont tous fournis par l'excellent ouvrage de M. E. Rolland *La flore populaire ou l'histoire naturelle des plantes*.[1]

Cet ouvrage nous offre, en premier lieu, dans la toponomastique de *quercus*, un nom fort intéressant dont nous avons déjà parlé:

---

[1] E. Rolland, *Flore populaire ou histoire naturelle des plantes dans leurs rapports avec la linguistique et le folklore*, t. X, 1913.

44

Le Chêne Lapalud (près Angers. Les ouvriers ont la coutume d'y enfoncer des clous). Il est, à notre avis, impossible de ne pas reconnaître, dans ce nom, un *Cath Paluc*, avec la légère altération *p* en *l* provenant peut-être d'un *l(i)*, et un *d(i)* à la place du *c(o)* final. Ce nom indique que le chêne est, en réalité, un dieu chat. — En plus, il semble aussi être, comme Cath Paluc, assimilé au dieu gaulois *Balanos*. Un vieil usage breton qu'on appelait le *Cheval Mallet*, sur lequel nous aurons à revenir, vient à l'appui de cette opinion, le Cheval Mallet — sans doute = le dieu Balanos, comme nous le montrerons dans la suite — étant mis en rapport, dans cette coutume, avec le chêne: on fêtait dans cette coutume le chêne et le cheval. Ajoutons que βάλανος grec signifie chêne.

Mentionnons ensuite le nom *Le Blachat* (Rolland, p. 137), qui fait, à notre sens, du chêne un *caslion* (voir plus haut, p. 30).

D'autres noms ibidem qui intéressent la question sont: *Le Chêne-Catte*, *Le Chêne de Guette*, *La Guette-Chêne*, qui, tous, sont des composés avec le mot chat.

Parmi les noms communs, le nom *galie* attire, en premier lieu, l'attention. Nous appuyons spécialement sur ce mot, qui présente les thèmes *ga* = chat + *li* = dieu + *e* = dieu. Le mot est employé par nous plus loin pour étayer une autre hypothèse, qui nous fournira une nouvelle preuve pour notre théorie chasne = dieu chat (p. 49).

Mentionnons, en plus, *blacas* et *cassé*, le dernier = cas + *e* = dieu.

(En passant, nous citons aussi du même ouvrage les noms *culô* = *cu* = dieu + *lô* = *l(i)* + *o* = dieu, *Le Chêne-cocu*, dont le surnom *cocu* = *co* = dieu + *cu* = dieu explique l'*o* du mot *Coisne* de S. Coisne = chêne dans *Le jeu de Robin et de Marion* d'Adam de la Hale. La nomenclature de la *Flore populaire* apporte encore une foule de noms du chêne, composés avec différents mots qui ont la signification de dieu, p. ex.: *Blaquis* = *Bla* + *qu* + *i* = dieu + une *s* de flexion et *Le Chêne belot: belot* = *b(i)* + *e* = dieu+ *l(i)* + *o* (+ *t(i)*) = dieu tigre? Le nombre en est tout aussi grand que celui des exemples de cette sorte de composés qu'offre le mot *jarnigoi*, dont il y a p. ex. les variantes: *jarnigué* = *gu* + *e* = dieu, que nous avons déjà mentionnée, p. 11, et *jarniguienne* = $gu + i + an \sim en$ = dieu + *e* = dieu.)[1]

Relevons enfin le nom *Le Chêne Artuis* (p. 139) (tigre?). Ce nom se trouvant en *Sarthe*, il a pourtant, par cette cause, moins de valeur que s'il se trouvait autre part, Sarthe provenant apparemment du même thème. Au reste, nous nous demandons si l'*S* de Sarthe ne provient pas d'un *Es* = Esus et si Esus, probablement = dieu arbre, n'est pas aussi = dieu chat (tigre?). L'épée d'Arthus s'appelle *Escaliborc*, ce qui peut en constituer une preuve.[2] Il y a ici les thèmes: *Es* qui peut être = *Esus* + *ca* + *li* (+ *b(i)* + *o* + *r(e)* + *c(o)*?) = dieu.

La totalité de ce que nous venons d'émettre est confirmée par le thème *garric* = chêne. Il paraît que garric (garric, prov., jarris anc. franç.) se désarticule dans les thèmes *gar* + *i* + *c(o)*. — Le thème *garric* étant peut-être ibère, selon l'avis de M. A. Longnon (*op. cit.* I, p. 25), ces thèmes remonteraient donc aux Ibères, ce qui n'a rien que de vraisemblable — la première syllabe *I* du nom *Iberi* signifiant probablement dieu (comme la seconde syllabe du nom des *Liguri* est, à coup sûr, = *gu* = dieu).

Pour ce qui est du thème *gar*, il se trouve en vieil irlandais, où il a le sens de *crier*. C'est visiblement l'onomatopée *gar* qu'on considère comme l'étymon du mot *jars* = le mâle de l'oie.

Gar a dû, à l'origine, désigner, tout naturellement, le cri d'une bête féroce. Il se trouve encore dans un composé qui démontre qu'il a été employé en fait du loup, savoir le mot *loup-garou*, où, en surplus, il se trouve uni, dans garou, au thème *ou*, qui doit signifier dieu.[3]

Mais évidemment il désignait, à l'origine, le cri ou le rugissement d'animaux de forces et de grandeur plus considérables. C'est ce qui nous témoigne le nom *Gargantua* du folklore français, géant qui, à en juger par ses sauts gigantesques, appartenait à la famille des chats.

---

[1] Cité aussi dans Kr. Nyrop, *Grammaire historique de la langue française,* I, 1899, p. 118.

[2] Cf. F. Lot., dans la *Romania*, XXV, p. 2 et J, Loth dans la *Revue celtique*, XIII, p. 495.

[3] Le loup était, comme l'a montré M. S. Reinach, adoré très généralement en Gaule; *Les carnassiers androphages dans l'art gallo-romain, Revue celtique*. XXV, p. 208.

Une vieille coutume populaire bretonne appelée le *tir-jars* corrobore cette opinion. Telle qu'elle existait jadis à Saint Malo en Bretagne, elle consistait à arracher la tête à un jars (mâle de l'oie), suspendu par les pattes dans un arbre d'une avenue, lequel animal avait apparemment succédé à une bête féroce à cause de son nom, *jars* (l'usage est référé dans *Le folklore de France* de M. P. Sébillot). A cette fin, des hommes à cheval, rangés sur deux files, après avoir tiré au sort, partaient tour à tour, à un signal donné, sous cet arbre. Cet appareil montre, à ce qu'il paraît, qu'à l'origine il s'agissait d'une bête redoutée.

En Provence (Sébillot, *op. cit.*), un coq était, dans une coutume semblable, tué d'un coup de sabre ou par lapidation. La manière triomphale dont fut salué celui qui tua cet animal donne à croire qu'ici aussi, premièrement, il était question d'une bête considérable. Cela ressort en plus de ce que c'était un coq que l'on tuait, car le coq symbolise un dieu (ici dieu animal). On observe que le chant du coq contient des thèmes qui, en gaulois, signifient dieu. Le coq tient du reste probablement la place de l'aigle. Il est raconté par Lilius Gregorius Giraldus, dans son *Historia de diis gentium*, que dans un sanctuaire du vieux dieu sabin Consus, on avait trouvé un aigle à crête rouge.

Un fait intéressant vient fortifier notre opinion. Au sud-ouest de la France, les vocables *coq* et *chat* se sont confondus. Ce n'est pas là, comme on l'a cru, un fait linguistique. Cela provient de ce que le *coq* est un symbole du dieu chat.

Le chat apparaît aussi lui-même dans un tir, savoir dans le *tir aux casquettes* dans Tartarin de Tarascon d'Alphonse Daudet. Le mot *casquette* contient le mot chat: il est à comparer au nom d'un récif de l'île de Guerseney qui est appelé les *Casquets* (mentionné dans Sébillot, Le folklore de France).

Cela nous amène aussi à rappeler la randonnée *ibidem* du postillon de Tarascon: *lagadigadou la Tarasque la Tarasque*, où entre le thème ga = *cha*, et qui démontre que nous sommes dans le vrai en émettant que les Gaulois accumulaient des noms signifiant dieu pour désigner leurs divinités.

Ajoutons enfin ce fait intéressant, mentionné par M. Rolland *op. cit.* (p. 135), qu'en Gascogne, le mot *garrigu*, qui signifie aussi lieu inculte, où croissent des chênes, se confond localement avec le mot *artiga* = essart, qui prend alors le sens de lieu où croissent des arbres clairsemés. Cela paraît venir à l'appui de notre opinion que le mot *arti* signifie chat (tigre?).

Nous combinons nos observations sur le thème chasne aux remarques suivantes sur les noms

Chanelius, Chenelius, Canelius et Quenelius.

M. P. Meyer cherchait, *Romania* VII (p. 441—444), à donner la solution des noms de ce «peuple» dit sarrasin, qui joue, dans les chansons de geste, un si grand rôle.

M. Meyer soutint que étymologie serait *Cananæus*, le nom des habitants de Canaan. Il était — dit-il — venu à cette solution par la forme provençale *Chanineu*, «n étant devenu en français, par un fait de dissimilation assez fréquent, *l*.» «Il reste», dit M. Meyer, «à trouver la voie par laquelle les Chananæi sont entrés dans la tradition populaire. Car il ne me semble pas que le caractère défavorable qui est donné dans la Bible aux Chananéens suffise pour expliquer l'introduction de ce nom dans les récits épiques où des populations de l'Orient sont mises en scène; d'autant plus que Canelius n'est pas usité ordinairement comme traduction de Chananæi dans les anciennes versions de la Bible, les traducteurs employant de préférence des formes calquées sur le latin *Chananeus*». Et il ajoute: «Le provençal Canineu conduit à supposer l'existence d'une forme populaire où un *i* avait remplacé le second *a*, peut-être par suite de quelque fausse étymologie qui aurait rattaché *Chananeus* à *canis*. L'auteur de la chanson de Jérusalem, qui fait aboyer les Cheneleus, tenait pour cette étymologie». — «Il faudrait donc trouver des exemples de *Chananæus* avec un sens moins précis que dans la Bible. J'ai vainement cherché des exemples dans la littérature ecclésiastique et historique du moyen âge.»

Il faut évidemment prendre un autre chemin que celui que suivit M. P. Meyer pour arriver à un résultat acceptable.

Nous avançons que Canelius—Quenelius, aussi Cheneleu, ont

pour étymologie le mot qui constitue l'étymologie du mot *chêne*, savoir **cassinus*, auquel s'ajoutent les thèmes *li* = dieu et *u* = dieu. Comparez les noms de lieux *Casnetum* > *Chanoy* (Loiret, Haute-Marne, Haute-Saône, Vosges) et le *Chanoy* (Seine-et-Marne), mentionnés par M. Longnon *op. cit.*, (I, p. 159).

Nous considérons ainsi le «peuple sarrasin» *Caneliu*, qui se trouve dans les poèmes épiques passim, comme des *adorateurs du dieu chêne*.

C'est là le même phénomène que celui qui se manifeste pour les peuples *Blach*, *Ros* et *Nors* mentionnés dans les chansons de geste, adorateurs de dieux chats.

A nos observations sur les dieux chats s'attachent aussi les remarques suivantes sur quatre cris de guerre:

Valie! ou Valee!, Vauluc! et Rossel!

Déjà Du Cange, dans sa *Dissertation* XI *Du cry d'armes*, traite du cri de guerre *Valie!;* il en dit: «Les anciens comtes d'Anjou crioient *Valie!* qui est le nom d'un pays voisin du comté d'Anjou, que l'on nomme Vallée, où est Beaufort». A l'avis de M. Du Cange, émis deux cents ans avant lui, se rangea M. P. Meyer, à propos du cri de guerre *Valée* dans Girart de Roussillon (trad. Meyer 154: «les uns crient Valée! les autres Rossel», en fait des Angevins, des Manceaux et des Tourangeaux). Il donna en plus cet éclaircissement sur le territoire de Vallée, que lui avait fourni M. C. Port, que ce territoire comprend tout le val de la rive droite de la Loire, depuis les confins de la Touraine jusqu'aux Ponts-de-Cé. «C'est un pays», dit M. Port — s'opposant ici à M. Du Cange — «non pas voisin, mais à peu près de tout temps dépendant du comté d'Anjou.» M. G. Paris adopta l'avis de M. P. Meyer sur la provenance de Valie, mais, à l'encontre de l'opinion de M. P. Meyer sur ce point, il soutint que les cris *Valie* et *Valée* sont deux cris distincts, dont le dernier serait un cri de pèlerins signifiant: «En bas!» (*Romania*, IX, p. 45). Quant à cette dernière opinion, il est clair, nous le ferons voir tout à l'heure, que M. P. Meyer a raison. Concernant la provenance de Valie, il y a évidemment erreur. Et déjà par les exemples de la Dissertation XI de Du Cange, il apparaît que M. P. Meyer a eu tort en formant la théorie que tous les cris de guerre proviennent de noms de lieux.

Sur l'origine de *Valie* notre avis est le suivant.

Valie est un cri comparable aux cris *Ut!*, *Outre!*, *Outree!*, *Asusee!*, *Susee!* en ce qu'il est formé sur le nom d'un dieu gaulois. C'est un cri de clan gaulois.

Le thème *Va* du nom représente ce dieu, auquel thème viennent s'ajouter les termes *li* et *e* signifiant dieu.

Ce thème *Va* paraît être le thème *ga* = chat. Ce qui s'accorderait avec le fait que Valie est le cri de guerre des *Andegavi* ou *Andecavi*, nom qui, à coup sûr, signifie *les grands chats* (tribu aussi appelée *Andes*). L'alternance *Va Ga* est probablement la même que celle qui se trouve dans les thèmes antéromains *igoranda ivuranda* mentionnés par M. Longnon, *op. cit.* (I, p. 72) et dans les thèmes *ga*, *va* dans *Gascones, Vascones*.

En plus, à notre avis, nous trouvons, sous la forme *galie*, le mot *Valie* tout entier dans *galie* = chêne, mot que nous avons mentionné p. 44. Le thème *ga* signifiant ici chat, le mot s'accorde parfaitement avec notre théorie. Nous appuyons notre thèse aussi par les noms *Palais Galien* ou *Palais Galienne*, dont s'est occupé M. J. Bédier dans ses *Les légendes épiques* (III, pp. 169—172), noms encore usités pour désigner les arènes de Bordeaux et qui, au XVIIe siècle, étaient aussi employés pour désigner les arènes de Poitiers. Il y a, dit M. Bédier — à propos de ces noms des arènes de Bordeaux — deux légendes sur leur origine: l'une raconte que l'empereur Galien aurait érigé le «palais Galien», l'autre que Charlemagne, de retour de Tolède avec la belle Sarrasine Galienne, l'aurait bâti pour elle. La dernière légende serait, à l'avis de M. Bédier, la primitive: c'est la légende, dit M. Bédier, de Mainet sur la jeunesse de Charlemagne. Évidemment pourtant, le Palais Galien ou Galienne a une origine bien moins poétique. Ici encore — comme pour Chaliart, comme pour cal'boté — nous devons remonter aux immolations aux dieux des Gaulois. Le Palais Galien était sans doute une construction faite pour ces tueries, car les noms Galien et Galienne se désarticulent dans les thèmes *ga* = chat + li + en ~ an = dieu, auquel dernier thème est ajouté un e dans Galienne. (Cf. pour Galienne *guienne* de *jarniguienne*.) Et si l'on trouve le mot *Galien*, *Galienne* et à Bordeaux et à Poitiers, c'est que le même dieu y a été adoré et qu'on a, à ces deux endroits, immolé à ce dieu, qui était le dieu chat. Sur ces lieux d'immolations célèbres des Gaulois et sur d'autres de ce peuple, les Romains construisirent ensuite des arènes — pour faire tomber en oubli les anciens rites. (Pour plus de détail sur ce sujet, voir t. II). Il n'y a certainement pas d'autre explication possible de ces noms et des lieux qu'ils désignent.

Terminons maintenant avec *Valie* — cri de guerre des *Andegavi* signifiant dieu-chat.

Le nom du territoire et de la forêt de *Valie* ont la même origine que le cri. On se rappelle ici que la forêt *Utta* vient du nom du dieu gaulois *Ut*. — Dans la suite, nous aurons l'occasion de parler d'encore d'autres noms de vieilles forêts de la Gaule, où se sont conservés des noms de dieux.

Par notre interprétation, on voit enfin que *Valee* est simplement une variante de *Valie*, où un *e* a pris la place de *i*, auquel s'ajoute en plus un *e* signifiant dieu.

Passons au cri *Vauluc* (cri de guerre dans Girart de Roussillon d'un comte Henri, trad. Meyer, 389).

Vauluc aussi paraît provenir du thème *Va*, *Ga* = chat. Les thèmes restants sont u = dieu + $l(i)$ + u + $c(o)$ = dieu.

Un intérêt tout spécial s'attache à ce nom. Car c'est apparemment le même que celui du célèbre forgeron *Galand*, la forme *Vaulund* pourrait aisément venir de *Vauluc*, par une variante *lun* du thème *lu* et la venue d'un $d(i)$ à la place de $c(o)$. Cf. le nom de la forêt *Quokelunde*, dans l'Avranchin, mentionné dans *Le Roman du Mont-Saint-Michel* de Guillaume de Saint Pair. *Valand*, *Galand* présenteraient une forme plus courte du même mot, où se serait introduit le thème *an* = dieu, ou dans lequel le thème *lun* se serait affaibli en *lan*.

En passant, mentionnons que la représentation sur l'autel de Notre Dame d'Esus, avec Vulcanus et Jupiter, peut faire croire que Vulcanus et Jupiter sont des manifestations du dieu Esus. Cela paraît aussi montrer, pour Vulcanus, un passage de Girart de Roussillon (150), qui raconte que le vieux Drogon avait revêtu un haubert que jamais arme n'avait faussé et qui était sorti de la forge d'*Espendragon*, nom qui peut être = *Es(us)* + pendragon.

On peut, paraît-il, former la série suivante: Valand, Vaulund,
Vauluc, Valie, galie = chêne = Esus, Espendragon forgeron.

Pour Jupiter, le thème $u < Hu$ du nom Esus, formé, comme
nous l'avons dit, sans doute, des thèmes $Es = E =$ dieu $+$ une
s de flexion $+ u = Hu +$ une s de flexion, le ferait croire.

Le troisième cri, *Rossel*, a certainement trait au dieu chat rouge;
il se compose apparemment des thèmes $Ros + e + l(i)$.

Chapitre III.

Les dieux Baraton, Pilate, Impiu, Fabur.

Un nombre considérable de poèmes épiques mentionnent un dieu
des Sarrasins *Baraton*, variantes *Baratron* et *Baratant*[1], pour lequel
personne, que nous sachions, n'a, jusqu'ici, proposé d'étymologie.
C'est un nom qui figure dans les poèmes d'une manière im-
personnelle, comme Tervagan et Cahu; une seule notice sur ce
dieu nous est connue: elle est contenue dans l'expression «heaume
de baraton», dans Girart de Roussillon (trad. P. Meyer, 150, n. 6),
expression qui donne à croire que Baraton ait été considéré comme
forgeron.

En présence de ce que nous avons émis sur d'autres dieux, et
en présence de cette dernière notice, il ne semble pas impossible
que nous nous trouvions en face ici aussi du nom d'un dieu gaulois.
Comme nous le montrerons, cela est aussi le cas.

Baraton a des pendants dans des noms de lieux: *Barenton*, *XIVe s.*
Belenton (dans la Broceliande, en Bretagne) et *Baranton* (Manche),
et il est ainsi clair tout d'abord que Baraton est de provenance
indigène. Il est, en second lieu, indiqué que Barenton, Belenton et
Baranton remontent au nom du dieu gaulois *Balanos* ou *Belenos*,
et qu'ainsi *Baraton est une forme du nom du dieu Balanos ou Belenos.*
(L'alternance *l* et *r* est, comme on sait, très habituelle; *r* pourrait
aussi être *r(i)*. On peut évidemment comparer avec Barenton, Belenton un nom de lieu *Balançon*, qui se rencontre dans Les quatre fils
Aymon[2], partie traitant de la Gascogne, — nom sans doute dérivé
de Balanos.) — Quant à la deuxième partie des noms *Barenton* et

---

[1] Voir E. Langlois, *Table des noms propres de toute nature compris dans les
chansons de geste imprimées*, Paris 1904.

[2] Éd. Castets, dans la *Revue des langues romanes*, LI.

Baraton, nous y voyons *ton* = *t(i)* + *on* = dieu; *tron* de *Baratron* a reçu un *r* adventice; *tan* de Baratant a subi l'affaiblissement *ton* > *tan.*

Le dieu gaulois Balanos était fort adoré, fait connu: les nombreuses inscriptions votives à son vocable (voir A. Longnon, op. *cit.* I, p. 112) en portent témoignage, lesquelles se trouvent p. ex. à Langres, à Vienne, à Clermont-Ferrand; cela est aussi attesté par des noms de lieux (voir A. Longnon, *ibid.,* et p. 113, en: Allier, Corrèze, Côte-d'Or, Haute-Loire, Loiret, Puy-de-Dôme, Savoie, Haute-Vienne, Aisne, Marne, Seine-et-Oise, Seine-Inférieure).

Nous mentionnons aussi un nom commun, le mot moyen breton *baleguiez* = prêtrise, qui constitue une preuve pour la popularité de Balanos — en Bretagne (M. Leroux de Lincy rapporte, dans son édition de *Brut* de Wace, exactement ce mot pour prouver la popularité de ce dieu en terre bretonne). — Elle ressort en plus p. ex. d'une vieille coutume de Guernesey consistant en ce que, au jour de la Saint-Jean, on dansait sur le sommet d'un rocher appelé la *Roque Balan* (coutume mentionnée par M. Sébillot dans son *Le folklore de France.*) Nous avons du reste déjà touché à cette popularité, en montrant que le nom Balanos paraît constituer une partie du nom Cath Paluc (Angers).

Il faut ajouter en outre qu'elle a laissé des traces dans les légendes du moyen âge.

La légende relatée ci-dessus, p. 13, n. 4, d'Helena, nièce du roi Hoël de Bretagne, emportée et tuée par Dinabuc — on se rappelle que c'est Monmouth qui la raconte dans son *Historia regum Britanniæ* (l. X, c. III) — est, dans la réalité, une tradition sur *Balanos.* Déjà MM. et Leroux de Lincy A. Schulz l'ont vu. Et la chose est dans le cas fort compréhensible: le nom Helena provenant apparemment du mot *Tombe* (ou *Tombel*) et de *Belenos,* dans lesquels mots le *b* initial de Belenos a été absorbé dans le *b* de Tombe (ou *Bel* dans *bel*), car, évidemment, le primitif de *Tombelaine* est *Tombe* (ou *Tombel*) *Belenos,* Monmouth et Guillaume de Saint-Pair (Le roman du Mont-Saint-Michel) racontent que Tombelaine tirait son nom d'Helena. Pour ce qui concerne la réalité sur laquelle repose la légende, M. Leroux de Lincy a cru[1] qu'un temple voué à

---

[1] Référant l'opinion d'un auteur non mentionné.

Balanos était bâti anciennement sur Tombelaine ou sur le mont. Il est malaisé, tout de même, de trouver une explication satisfaisante de la légende dans sa totalité. Ce que pourtant on est en droit d'affirmer c'est que le roi Hoël de Bretagne est ici, comme dans le cas que nous avons mentionné plus haut, pp. 20, 21, = le dieu *Hu*. Cf. ici l'avis de M. Davies que *Beli* est le fils de *Hu* (opinion que mentionne, à une autre occasion, M. Schulz, *éd. cit.*, p. 365): cette opinion confirme notre dire.

Mais dans des cas aussi où difficilement il y a eu une absorption semblable à celle de *Tombe Belenos*, on rencontre le nom *Helena* pour *Belenos*, ce qui nous servira tout à l'heure à l'explication d'une autre légende. Ainsi dans la dénomination populaire *les soldats de sainte Hélène*, donnée (encore au XIXe siècle; cf. Sébillot, *op. cit.*) à des pierres mégalithiques à Quiberon (Bretagne), Hélène est sans doute *Belenos*. Même dans le nom du vieux vicus *Helena* (Ve s.) du pagus de la tribu gauloise des Atrebates, il paraît que nous pouvons voir le même nom; cf. *Belenas* (Saint-Bonnet-près-Riom). Mentionnons ici aussi ce fait curieux, appui certain de notre dire, que le Père de l'Église Augustin rapporte (lib. de Heres., cap. I) qu'il y avait à Rome une «imago *Helenes meretricis*». Il est certain que cette »imago» était l'image de *Belenos* (au féminin) (cité par le commentateur de Tertullien D. Nourry, voir Migne, Patr. lat. I, col. 1136) — meretrix est un surnom qui est donné par les chrétiens aux déesses païennes.

Une autre légende à laquelle nous passons maintenant — où s'est introduit par confusion *Belenos* — a eu une très grande influence littéraire, et, à ce titre, nous y reviendrons dans la suite. Maintenant nous nous bornerons aux notices suivantes. C'est une légende sur Helena, femme de l'empereur de Byzance Constantius et mère de l'empereur Constantin, légende qui en fait — dans une version — la fille d'un roi Coël de Colechester en Grande-Bretagne — dans une autre version — une jeune fille de bas étage du même pays.

Chose curieuse, M. Schulz ajoute foi dans cette légende, ce qu'on ne fait plus.

Chose curieuse aussi, personne n'a jusqu'ici tenté de l'expliquer. Et pourtant tous les éléments nécessaires pour cette explication se trouvent dans le commentaire de Monmouth de M. Schulz, qui n'aurait eu qu'à se servir de la même théorie à peu près que pour son explication de la légende d'Helena et Dinabuc, pour arriver aux résultats que nous allons exposer.

L'explication suivante se base entièrement sur les données fournies par M. Schulz.

Nous reproduisons d'abord un fait que M. Schulz rapporte autre part: qu'au pays de Galles on désignait les voies romaines par le nom *Sarn Helen* «pour honorer Helena, mère de Constantin». Il y a là, nous n'hésitons pas à le dire, une confusion entre Helena, mère de Constantin, et Belenos, dont nous avons très probablement ici une forme féminine, déesse comparable à *Ahès*, à *Hudiotte*, à toutes ces déesses constructrices de voies dont nous avons parlé plus haut.

Voilà le fond contre lequel on doit voir l'erreur de la légende sur Helena, impératrice de Byzance.

Nous traiterons séparément les deux versions que nous avons désignées plus haut.

1°. Nous nous occuperons d'abord de la version selon laquelle *Helena* est la fille du roi Coel de Colechester en Grande-Bretagne.

Monmouth (*Hist. reg. Brit.*, l. V, c. VI) a cette version: «Constantius ... duxit filiam Coel, cui nomen erat Helena.»

Après ce qui a été dit sur Helena, nièce de Hoël de Bretagne, on voit, au premier coup d'oeil, qu'il y a ici un parallélisme entre les deux Helena, celle de la Grande-Bretagne et celle de la Petite-Bretagne: celle de la Grande-Bretagne est la fille du roi Coël de Colechester, celle de Bretagne est la nièce du roi Hoël de Bretagne. Il y a d'un côté un *dieu* Hoël oncle, de l'autre un père Coël, qui, sans nul doute, est aussi dieu. Le nom *Coël* se désarticule apparemment dans les thèmes $co = $ dieu $+ e = $ dieu $+ l(i) = $ dieu.

2°. La seconde version de la légende, celle où Helena est une jeune fille de bas étage, offre un autre point non seulement intéressant mais d'une importance décisive, à savoir que, par quelques sources, elle est appelée «*stabularia*». Le sens de ce mot nous apportera une preuve inattendue.

Cette notice nous est fournie déjà par S. Ambroise dans son *Oratio de obitu Theodosii* (citée par Schulz, éd. de Monmouth,

Hist. reg. Brit., p. 287), où se lit: «*Stabulariam hanc primo fuisse asserunt ...*» Suit une sorte de hymne à Helena: «Bona stabularia» — dit Ambroise — «quæ tam diligenter præsepe Domini requisivit! ... Bona stabularia, quæ maluit existimari stercora, ut Christum lucri faceret!» — La même notice est donnée aussi par le contin. de Bède I, 1 (cité par M. Schulz *ibid.*, p. 286): «Constantius ... Constantinum ex *Helena stabularia* susceptum ... reliquit».

Il est parfaitement clair par le passage de S. Ambroise qu'il ne s'agit pas ici de la fille d'un *comes stabuli*, ni d'une jeune fille habitant une chaumière. On en voit qu' Helena a été revêtue elle-même d'une sorte de service dans une étable. Le passage est fort obscur et donnerait à croire que l'auteur n'a pas su de quoi il s'agissait. — Nous n'hésitons pas à dire que *l'épithète stabularia est une trace de la qualité de cheval du dieu Belenos.* Cela est si clair que le passage constitue sa propre preuve et se suffit à lui-même. Voici tout de même aussi d'autres raisons, déjà en partie mentionnées, qui nous portent à croire à la qualité hippique de Belenos: 1° Nous considérons que le cheval *Bayard* est une manifestation du dieu gaulois Balanos cheval. Cf. ces noms de lieux mentionnés par M. J. Bédier: *La Roche-Bayard*, à deux km de Dinant, et *Le Pont Bayard* à Liège (*op. cit.*, IV, pp. 247, 248). On comprendrait, par le fait que Bayard serait, originairement, un dieu, le grand rôle qu'il joue dans Renaud de Montauban, et que Charlemagne, dans cette chanson, après avoir vaincu Renaud et ayant en vain réclamé Maugis, qui a disparu, se contente de *Bayard*. Nous aurons à reparler plus loin, partie II, de cette question. 2°. Cath Paluc a, dans la *Bataille Loquifer*, la forme lion-cheval. 3°. Belenos paraît être identique au *Cheval Mallet*. Disons ici que le nom de *Cheval Mallet*, dont nous avons déjà parlé (p. 44), paraît provenir du mot *mall* = champ de jugement. Cf. la coutume *La Basse-loi* du Hainaut, sorte de tribunal qui tient probablement son nom du dieu *Balanos = Ba + s + e* = dieu. Comme la coutume *Le Cheval Mallet* — survivance visible bretonne d'un champ de jugement gaulois — touche au culte du chêne, et le chêne étant aussi appelé *Cath Paluc* (voir p. 43), il nous paraît indiqué qu'il s'agit ici du dieu Balanos représenté comme cheval. La coutume est décrite par M. A. Nore dans ses *Coutumes, mythes et traditions des provinces de France*, Paris & Lyon, 1846, dont nous reproduisons les traits suivants (pp. 203, 204): Le cheval Mallet (usage de Saint-Sumine-de-Coutais) était fait de bois. La veille du jour de la Pentecôte, divers fonctionnaires se rendaient dans un bois voisin, «d'où ils enlevaient un chêne qu'ils venaient ensuite déposer, aux sons des instruments, sur la place de l'église ... après la première messe, on allait chercher le cheval Mallet, qu'on plaçait dans l'église au banc du seigneur, et l'on procédait ensuite à la plantation du chêne ... après la grand'messe, on rapportait le cheval sur la place et on lui faisait faire, en dansant, trois fois le tour de l'arbre.» (La Basse-loi, ibid., p. 333).

Comme la preuve la plus sûre que Belenos a été représenté comme cheval reste, comme on le voit, la qualité de *«stabularia»* d'Helena.

Enfin, pour le heaume «baraton» et la qualité de forgeron de Belenos, cf. le nom *Barré*, diable qui forgea l'épée Hisdeuse, dans la *Conquête de Jérusalem*, composée par le pèlerin Richard et renouvelée par Graindor de Douai, p. p. C. Hippeau, Paris, 1868 (E. Langlois *op. cit.*); le nom *Barré* paraît consister dans les thèmes *Bal* + *r(i)* + *e* = *Balanos* + dieu. On se souvient aussi que Balanos = Cath Paluc est chêne et que le dieu chat-chêne = Esus(?) est forgeron(?). Cf. que, dans G. B. Depping et Fr. Michel, *Véland le Forgeron* (Paris 1833, p. 30), les auteurs racontent que, dans une vallée du Berkshire, au bas de la colline du Cheval-Blanc (*White Horse*), habitait, anciennement, selon la tradition, le forgeron Wayland.

Ajoutons deux mots enfin sur le nom d'un peuple dit «sarrasin», se trouvant dans les chansons de geste:

Curbaran.

A notre connaissance, on n'a pas jusqu'ici trouvé l'origine du nom du peuple «sarrasin» *Curbaran*. Maintenant on voit facilement qu'il provient des thèmes *cu* = dieu + *r(i)* + *baran* = *Balanos*. C'est évidemment une dénomination des Gaulois (ou d'autres peuples) adorant le dieu Balanos.

M. Pio Rajna traite de *Curbaran* dans une étude intitulée *Varièta provenzali* (*Romania* L).

58

Les dieux Pilate, Impiu et Fabur.

Parmi les noms de dieux dits des Sarrasins, dans les chansons le geste, se trouve aussi le nom *Pilate*; une variante relevée par M. E. Langlois, dans son ouvrage ici cité sur les noms des chansons de geste, est *Pilas*. Il y a aussi la forme contractée *Platon* (*ton* = *t*(*i*) + *on* = *o* = dieu).

Ce nom a visiblement existé comme nom d'un dieu gaulois, nous le verrons ci-dessous. Disons d'abord que c'est le nom que porte une montagne en France près de la Loire et *Pilate*, la montagne connue à Unterwalden près Luzerne. M. A. Graf a montré que c'était aussi le nom d'une montagne en Italie située près de *Norcia* dans l'Apennin, où se trouvait, au reste, selon la légende, un lac diabolique. Elle est mentionnée par Fazio degli Uberti.

Sur ce nom il y a des légendes fort curieuses touchant le proconsul romain Pilate. Voir l'étude de M. Graf, voir aussi M. F. Castets, éd. de Maugis d'Aigremont (*Revue des langues romanes*, t. XXXVI, p. 335), où M. Castets donne cette notice à l'égard de la montagne Pilate en Unterwalden, d'après M. Dozy, tirée de *De miraculis mortuorum*: «*Est Mons Fractus nomine, ad lacum Lucernensem. Huc, quum Pilatus Romæ sese ipsum interfecisset, Romani ejus cadaver in Tyberim projecere . . .; ejus cadaver a sacerdotibus in altissimos Helvetiorum montes, in stagnum prædicti montis, bannitum et exorcisatum est, ubi in lacu profundo semper aqua exuberante dicitur esse . . .*»

L'explication du nom *Pilate, Pilas, Platon* est contenue dans cette légende, qui nous mène à Rome, car nous trouvons en Italie un dieu qui paraît être ce dieu Pilate. Ce même dieu paraît avoir été adoré par les peuples italiques. Parmi leurs vieux dieux se rencontre un dieu *Pilumnus* (aussi un dieu *Picus*)[1], qui semble être *Pilas-Pilate*. Cyprien, dans son *De idolorum vanitate*[2], mentionne ce dieu italique, entre autres: «Est Romulus» — dit-il — — — «deus factus, et *Picus* et *Tiberinus* et *Pilumnus* et *Consus*». Si l'on voit

---

[1] M. Camille Jullian a démontré, selon M. F. G. Mohl, *Romania*, XXIX, p. 602, «la persistance des cultes italiques dans les sanctuaires de la Gaule.»
[2] Migne; *Patrol. lat.*, IV, col. 370.

le *Pilate* dont il est question dans *Pilumnus*, l'on a l'explication claire de la légende du Pilate de Luzerne. (L'image du dieu en question a peut-être aussi été, dans la réalité, jetée dans le Tibre.) — L'explication des noms *Pilumnus—Pilate* est très facile. *Pilumnus* est, à notre avis, seulement une randonnée plus longue que *Pilas* et *Pilate*. Pour l'altération *Pilu—Pilate*, *u* dans *Pilu*, s'est changé, comme l'on a vu qu'il arrive en gaulois, en position faible, en *a*, et un *te* = *ti* = dieu tigre? s'est agglutiné. Le thème *ti*, est étaié par exemple par le nom de lieu gaulois *Latisco*, chef-lieu du *pagus Latiscensis* (voir Girart de Roussillon, trad. P. Meyer, 59, n. 4, et J. Bédier, *Les légendes épiques*, II, p. 58), qui est évidemment le même composé que *late* de *Pilate*.

Sur *Pilate* figurant parfois dans les chansons de geste comme diable (voir E. Langlois, *op. cit.*), ainsi qu'au reste tous les dieux gaulois — nous en avons déjà donné un exemple: *Hin* (p. 30) = *H(u)* + *in* — voir plus loin, partie III.

Impiu. Autre dieu «sarrasin», qui figure, celui-ci, dans la mentionnée variante irlandaise de Fierabras.[1]

Nom qui est certainement fort singulier, mais qui se retrouve sous une forme approchante dans le folklore breton: M. Sébillot (*op. cit.*) rapporte le nom d'*Irmen* pour une pierre autour de laquelle les femmes avaient la coutume de danser. C'est un nom sans doute analogue au nom du dieu germanique *Irminsul* et se désarticulant dans les thèmes *Im* = *In* (*n* est devenu *m* devant *p*), *pi* = *pi* de *Pilate?* et *u*. A maintes reprises, il y a eu ici question du mot *I* = dieu, il y en a ici la variante *In*. Le radical en est le même que celui du mot *Is* = dieu, où au même thème *I* s'ajoute une *s* de flexion. Des exemples de ce mot présentent *Is*, ville engloutie selon la tradition bretonne, le géant *Isoré* (que mentionne M. J. Bédier dans *Les légendes épiques*, I, p. 348 et suiv.) et aussi le doublet d'Irlande *Islande*, qui se rencontre parfois dans la littérature médiévale, forme dans laquelle on a vu une confusion avec Islande. — De cette manière se résout cette question.

---

[1] Whitley Stokes, *The Irish version of Fierabras*, *Revue celtique*, t. XIX, p. 156.

D'autres composés avec le thème *In* peuvent être mentionnés ici: M. F. Liebrecht, relève dans son édition de Gervais de Tilbury, *Otia Imperialia*, 1856, en note (p. III), une fort intéressante imprécation qu'il peut être lieu de citer: «Beelsebuth *Incana Losta* ...» Le deuxième mot est un composé avec le thème mentionné *In*. Nous citons aussi le nom d'une fête localisée à Valenciennes: *Incas* = probablement *In* + *co* (*o* > *a*) (mentionné par M. A. Nore, *op. cit.*, p. 323; voir t. II).

Ici nous ajoutons deux lignes sur le nom

Escler.

Nom, comme on sait, fréquent dans les chansons de geste, désignant un peuple inconnu et souvent uni au nom *Sarrasin*.

On l'a expliqué comme un nom des *Slaves*. Mais il est assez croyable que ce nom a une autre signification, que nous allons proposer. Il paraît qu'il provient d'un *Es* = dieu (~ Is, Esus?), auquel s'ajoute un thème *cler*, dont nous tâcherons de donner la signification. Nous considérons que c'est le même thème que celui qui se trouve dans le nom de lieu *Clarus Mons*, fréquent en Gaule aux anciens temps (voir ci-dessous, p. 68). Le mot latinisé *Clarus* paraît être le même que le vieil irlandais *clar* = table ou objet plat (d'Arbois de Jubainville et Ernault, *op. cit.*, p. 24*). *Clarus Mons* signifierait donc peut-être montagne plate. *Escler* serait un dieu combiné en quelque manière aux pierres plates. Nous croyons avoir trouvé aussi deux variantes du mot entier dans le moyen breton: dans *sclærdéric* et *sclerdérigueu* = feu follet (*ibid.*, p. 606), dont les derniers thèmes sont formés de *de* = dieu + *ri* = dieu + *c(o)* = dieu, et de *g(o)* = dieu + *e* = dieu + *u* = dieu.

Le nom de peuple *Escler* désignerait, selon notre avis, les adorateurs du dieu en question.[1]

Fabur.

Dans *Floovent* et dans *Godefroid de Bouillon* (voir E. Langlois, *op. cit.*), est mentionné un dieu «sarrasin» *Fabur*, *Fabu*. Nous croyons

---

[1] Pour les peuples *Acopart* et *Popelican*, voir t. II.

pouvoir voir dans ce dieu peut-être le dieu italique *Febris* dont parle p. ex. Cyprien dans son *Liber de idolorum vanitate*. (Voir Migne, *Patres latini*, IV, col. 570.) Une sorte d'appui de cette thèse offre la chanson Maugis d'Aigremont qui parle de «de Messine Fabur».

———

Nous insérons ici divers thèmes qui n'ont pas pu trouver place autre part.

Thèmes divers signifiant dieu dans des cris de guerre, etc.

Ahors!

Ahors! (Godefroy) se compose apparemment de $A < O + ho + r(i)$.

Biez! — Bigot. Aboc! Ablo!.

Dans Girart de Roussillon (147) se trouve le cri de guerre *Biez!*, c'est le cri de ralliement des Gascons. Dans son *Table des noms propres dans les chansons de geste imprimées*, M. E. Langlois dit, en note, pour ce nom (se référant à *Étymologies historiques du m. a. dédiées à G. Monod*, p. 215, n. 4): «Biez et Biais paraissent être Bias, arr. de Mont-de-Marsan, dans les Landes». Il nous semble pourtant que nous sommes ici en présence du même phénomène que pour *Valie* (voir plus haut, p. 48), à savoir qu'il y a une région et un cri de guerre qui ont le même étymon: le nom d'un dieu gaulois — c'est un cri de clan gaulois.

Le radical de *Biez* est *Bi*, il est suivi d'un e = dieu + une s de flexion. Le thème *Bi*, que nous avons déjà mentionné (p. 29), signifie apparemment dieu. Nul doute que ce ne soit le même thème *bi* qui entre comme deuxième syllabe, comme nous l'avons déjà dit (p. 29), dans le nom du dieu italique *Robigo* — nom qui est le même que le nom *Rubicon*. Cette opinion peut être appuyée p. ex. par le nom de lieu *Rubicaire* (Girart de Roussillon, trad. P. Meyer, p. 48, n. 3) = Ribagorza (sur les confins de l'Aragon et de la Catalogne).

Le thème *Bi* entre du reste dans le nom de la tribu gauloise des *Bituriges*. Il fait partie du nom d'une de ces anciennes forêts, qui conservent de vieux noms païens: *Biwalt*. On lit dans *Liber miraculorum Adelheidis*[1] sur cette forêt: «quæ rustico vocabulo nuncupatur Biwalt.», forêt appelée Biwalt par les paysans. A relever est aussi le nom du fleuve breton *Bidon*.

Par ces faits, nous nous trouvons en face d'une question, qui a été l'objet de quelque discussion: la question de savoir d'où vient le nom du peuple *Bigot* qui est mentionné dans Girart de Roussillon (115, 149) (cf. Langlois, *op. cit.*). Dans la chanson mentionnée, les Bigots se rallient aux Provençaux, une fois, une autre fois aux Provençaux, aux Basques et aux Gascons, etc. Peuple du Midi de la France, a dit M. E. Langlois. Il est difficile de dire d'où vient ce peuple, mais il est lieu de nommer la Bigorre. Pour ce qui concerne la dérivation du nom *Bigot*, il vient assurément de *Bi* que nous venons de mentionner = dieu + *got* = dieu.[2]

De la même façon que le nom de peuple *Bigot* s'explique aussi le *nom commun bigot* hypocrite, dont la signification première doit être croyant en *bigot;* il n'est donc pas formé, comme on l'a cru, sur *bei* et *Gott* (Voir Körting, *Lateinisch-romanisches Wörterbuch*). Sont aussi à noter les mots provençaux *bigos, bigot* (Mistral, *Tresor dou felibrige*), signifiant une fourche pour tirer la paille, mot qui doit avoir trait à quelque usage qui se rattache aux immolations aux dieux gaulois.

Comme on a donné l'étymon *bei Gott* à *bigot* hypocrite, l'étymon *by God* a été donné au *juron Bigot*, juron qui est souvent suivi du juron *(bur) lare* (voir G. Cohen, *La scène de l'aveugle et de son valet, Romania*, XLI, p. 357, et n. 4).[3] Mais ce juron s'explique aussi par les thèmes *bi* = dieu et *got* = dieu. Vu que nous avons la conbinaison *Bigot* et *(bur) lare*, il est très clair que Bigot a la provenance indiquée, car il n'y a pas de doute que *burlare* de son côté ne soit formé sur quelques-uns des thèmes signifiant dieu dont nous avons

---

[1] *Monum. Germ. hist.*, ed. Pertz., SS. IV, p. 647.

[2] Voir, pour les différentes opinions sur le nom de peuple *Bigot*, Girart de Roussillon, trad. Meyer, 115, n. 4.

[3] Dans le jeu *Le Garçon et l'Aveugle* se trouve *Bigot!* (bur) *lare!* (Ms Bigot! lare!). M. Cohen cite aussi le Mystère de saint Louis: Millort, *bigot!* certes (bur) lare, etc. et aussi Villon, *Testament*, CXL, v. 1585: Foy que doy brelare *bigod.*

traité dans ce qui précède; c'est probablement $b(i) + u + r(i) + l(i) + a$ < $u + re$, tous signifiant *dieu*. Voilà donc la clef de l'énigme de *Bigot*. — Le même mot *bi* entre apparemment dans deux cris de roturiers que mentionne Godefroy: *Aboc*[1], consistant dans les thèmes $O > A$ = dieu + $b(i) + o + c(o)$ = dieu, et *Ablo*, dans lequel entre un thème *l* assurément = $l(i)$.

No genc!   Durenc!

Dans Girart de Roussillon se trouvent les cris *No genc!* et *Durenc!* *Nogenc* (cri de Hugues de Poitiers, 325) peut se décomposer en $(Du) n + o + g(o) + en \sim an + c(o)$. *Durenc* (cri de Rainier, 325) se compose sans doute de $Du + r(i) + en \sim an + c(o)$, tous signifiant dieu.

On peut ajouter que le thème *Du* rappelle les *Dusii*, dieux gaulois d'abord, ensuite démons. Nous les citons d'après M. d'Arbois de Jubainville, qui mentionne que saint Augustin parle, *De civitate Dei*, XV, 23, de démons appelés *dusii* par les Gaulois.[2] M. d'Arbois de Jubainville ajoute: «Les *dusii*, réduits à l'état de démons chez les Gaulois chrétiens, étaient des dieux sous l'empire du paganisme». Il dérive *Dusius* de *duis*. Ce qui paraît sûr, c'est que la première syllabe *Du* veut dire dieu.

Cul à cul. — Teus, Queutz.

Du Cange, dans sa *Dissertation* XI, *Du cry d'armes*, mentionne, entre autres cris de guerre: *Cul à cul Waudripon*, cri qui peut trouver sa place ici. C'était le cri de la maison de Waudripon en Hainault. Selon Du Cange, il provenait des deux lions adossés qu'avait cette maison dans ses armes (43.2). Pour nous, il semble clair que le sens originel de *cul à cul* était dieu et que c'était une randonnée de thèmes ayant tous cette signification. Les thèmes étaient incontestablement: $cu + l(i) + a < u + cu + l(i)$.

---

[1] Cri d'armes et de mort des roturiers en Bourgogne au XIVe siècle. (Godefroy.)

[2] D'Arbois de Jubainville, *L'anthropomorphisme chez les Celtes et dans la littérature homérique, Revue celtique*, XIX, p. 224.

De cette manière se forment des équivoques. L'expression dont il est question ici s'est propagée dans l'ancien français et plus longtemps encore: nous avons ainsi en anc. franç. le juron *pour le kul bieu*[1] où «*kul*» doit avoir été originairement $cu + l(i)$. On pourrait multiplier les exemples.

Pour l'emploi des cris d'armes, voir partie III.[2]

Nous trouvons intéressant enfin d'appeler l'attention sur deux composés avec le nom *Us, Utz*: *Teus* et *Queutz* (Girart de Roussillon, 103). Il s'agit d'une salle bâtie par *Teus*, «entièrement peinte en mosaïque jusqu'aux voûtes». *Teus* est un composé de *Te + us*. *Queutz* de *Que* = dieu + utz (voir plus haut, p. 25).

---

[1] G. Cohen, *La scène de l'aveugle et de son valet*, Romania, XLI, p. 347.

[2] Sur le cri de guerre «*Tur aïe!*», voir partie II.

Chapitre IV.

Le dieu Mahon—Mahom—Mahommet.

Le dieu Noiron.   Le dieu Margot.

On sait que, parmi les dieux «sarrasins», il y a, dans les épopées, une divinité centrale qui porte le nom *Mahomet*, et qui est appelée aussi, et même plus souvent, *Mahon* ou *Mahom*.

Qui croirait rencontrer dans Mahon une pierre d'achoppement pour le système que nous sommes en train de bâtir en fait des dieux «sarrasins», se tromperait entièrement. Car, tout singulier que cela est, en étudiant le «dieu» Mahomet de près, on voit qu'il se range, lui aussi, parmi les dieux gaulois, bien qu'étant amalgamé au prophète musulman Mahomet.

Par quelles raisons ce mélange s'est fait, voilà une question que nous réservons pour plus tard. Pour le moment nous nous bornerons à distinguer les caractéristiques du dieu gaulois des traits qui appartiennent au prophète.

Mahon — Mahom — Mahommet — dieu gaulois.

Le relevé le plus important que nous ayons fait concernant Mahon est une trace directe de l'existence en Gaule d'un dieu *Mahom* ou *Mahomez* qui se trouve dans le *Charroi de Nîmes* (composé, selon M. G. Paris, au premier tiers du XIIe siècle).

Nous rapporterons, en deuxième lieu, quelques vestiges notables du même dieu dans l'ancien français dans des noms de lieux et des noms communs.

Contrairement à ce qui est le cas des autres dieux des Sarrasins, le dieu Mahon est revêtu, dans les poèmes épiques, de plusieurs caractéristiques. A son égard, il y a même, dans ces poèmes, une certaine prolixité, qui — Mahon étant apparemment, comme nous le verrons tout à l'heure, tout spécialement le dieu du paysan — les dieux Tervagan, Cahu et Baraton sont des dieux aristocratiques — est peut-être l'écho d'une réalité lointaine.

C'est comme le dieu de la nature que Mahon se présente dans les poèmes épiques — c'est le dieu du beau temps et de la pluie, le dieu des moissons: des fruits (ainsi c'est le dieu des vignes), du blé et de l'herbe. — Et c'est aussi ce même dieu de la nature qui fait figure dans le *Charroi de Nîmes.*

Il a, lui aussi, son pendant dans la réalité. Il apparaît que Mahon est le dieu colossal que l'on voit sur un autel gaulois de Reims, assis, les jambes croisées, et tenant un sac d'où s'échappent des glands et des faînes — c'est le dieu de la vie.

La divinité en question paraît en plus être = le dieu *Toutatis*; elle semble aussi se ranger parmi les *Nors*, dans l'énumération ci-dessus mentionnée des dieux chats aux couleurs différentes («Li Blach, li Ros, les Nors»... dans l'«Entrée d'Espagne»), qualités dont nous traiterons tout à l'heure — c'est le dieu chat noir (= tigre?)

Avant de citer l'important passage du *Charroi de Nîmes,* nous ferons voir maintenant la façon dont les chansons de geste décrivent Mahon. Voici quelques exemples.

La Prise d'Orange (vers 1150, selon M. G. Paris):

Cil Mahomez qui tot a en baillie,[1]

Aliscans (XIIe siècle, seconde moitié):

Icil nous done et l'orage et le vant,
Le fruit des arbres, le vin et le froment;[2]

---

[1] Éd. W. J. A. Jonckbloet, *Guillaume d'Orange, chansons de geste des XIe et XIIe siècles,* La Haye, 1854, v. 1276.
[2] Éd. Jonckbloet, v. 1416.

La bataille Loquifer (vers 1170):

> — Mahom fait et plovoir et venter,
> Florir les arbres et le fruit meürer;[1]

Voilà pour ses caractéristiques dans les poèmes épiques.

Citons l'argument du Charroi de Nîmes.

Dans ce poème épique, Guillaume au court nez et d'autres barons quittent, comme on sait, la cour de Louis, fils de Charlemagne, pour conquérir Nîmes, qui a été pris par les Sarrasins. Entre la Rigordane et Saint-Giles, les chevaliers français rencontrent un vilain, conduisant une charette attelée de deux bœufs et chargée d'un tonneau de sel, sur lequel ses trois enfants jouent aux billettes. Voici d'abord une partie de ce passage:

> Desor son char a un tonel levé,
> Si l'ot empli et tot rasé de sel.
> Les .iij. enfanz que il ot engendrez
> Jeuent et rient et tienent pain assez:
> A la billete jeuent desus le sel.[2]

Un des chevaliers va au devant du vilain et lui demande son lieu de naissance. Et voici la très curieuse réponse du vilain:

> »*Par Mahom*, sire, de Laval desus Cler;
> Vieng de Saint-Gile, où je ai conquesté.
> Or m'en revois por reclorre mes blez:
> Se *Mahomez les me voloit sauver*,
> Bien m'en garroie, tant en ai-ge semé.»[3]

Il est tout à fait clair que ce vilain français croit en un dieu *Mahomez* ou *Mahom*, dieu de la nature, dieu des moissons, comme — ainsi que nous l'avons dit — le dieu Mahom des poèmes épiques — preuve irréfutable que *Mahom — Mahommez* des chansons de geste est un dieu gaulois.

Avant d'aller plus loin, nous dirons deux mots de plus sur l'épisode du vilain français en chemin pour Laval de S. Giles,

---

[1] Éd. J. Runeberg, *Acta soc. fennicæ*, XXXVIII: 2, v. 2986.

[2] Éd. Jonckbloet, v. 882.

[3] Ibid., v. 891.

68

cette épisode curieuse qu'on a lieu de s'étonner être passée jusqu'ici inexpliquée et, on pourrait le dire, inaperçue.

Il faut observer d'abord que le lieu d'habitation du vilain est «Laval desus Cler». M. E. Langlois (*op. cit.*) croit que c'est là une «localité dans le midi de la France». Mais ne paraît-il pas beaucoup plus probable qu'il s'agit de Laval dans le Maine? Près de Laval, il y avait, au XIIe siècle, une abbaye *Clermont*, ce qui donne à supposer qu'il y eut ici auparavant un de ces nombreux lieux appelés *Clarus mons* qui figurent dans les chroniques des VIIIe et IXe siècles. (Voir pour *Clarus mons* plus haut, p. 60). Et dans le Maine, comme en Bretagne, florissait certainement longtemps le paganisme. Tout de même, cela ne veut naturellement pas nécessairement dire que le Charroi de Nîmes décrive l'état des choses du commencement du XIIe siècle. Et pourtant il faut remarquer, en second lieu, ce que répliquent les barons à cette singulière profession de foi:

> Dient François: «Or as que bris parlé,
> Quant tu ce croiz que Mahomes soit Dé,
> Que par lui aies richece né planté,
> Froit en yver ne chalor en esté.
> L'en te devroit toz les membres coper.»[1]

Il est à noter qu'ils ne s'étonnent pas beaucoup de la foi païenne du vilain. On doit observer aussi ce que dit ensuite Guillaume au court nez — qui vient à la rescousse du vilain:

> — Baron, lessiez ester.[2]

Ceci nous paraît prouver qu'à un moment donné, on était très habitué à entendre de semblables professions de foi ou plutôt à voir adorer encore les vieux dieux par les vilains. Nous concluons ainsi que — disons-le encore une fois — *nous avons, dans le Charroi*

---

[1] *Ibid.*, v. 896. — La signification de *bris* n'est pas très claire; ce mot paraît se référer au jeu *briche*. Cf. Étienne de Fougères, *Le livre des manières*, éd. Kremer 1887, v. 128: S'arme pert et chace la briche.

[2] *Ibid.*, v. 901.

de Nîmes, la preuve de l'existence d'un dieu gaulois de la nature et des moissons dont le nom est Mahom ou Mahomez.

Nous appuyerons maintenant ce fait par des noms de lieux et par des noms communs de provenance gauloise.

— Avant de nous engager dans ces démonstrations, nous dresserons, d'après l'ouvrage cité de M. E. Langlois, un tableau des différentes variantes du nom de Mahon qui se trouvent dans les chansons de geste, lequel tableau servira d'objet de comparaison.

Il y a, dans l'ouvrage de M. E. Langlois, les cinq séries suivantes du nom Mahon: 1° *Mahon, Mahom, Mahoum, Mahum, Mahommet, Mahomet, Mahoumet, Mahumet;* 2° contraction de Mahon: *Maon, Maom, Maont, Moom, Maonmet, Maonmez;* 3° *o* final au lieu d'*e* dans Mahomet, contraction ou non de Mahon: *Mahommot, Mahomnot, Maonmot, Maonmont;* 4° *ch* ou *c* remplace *h: Machon, Machomet, Macon, Maçon;* enfin, 5°, dans un très petit nombre de cas, les surnoms *Gomelin, var. Jumelin* ou *Gomelius* suivent le nom principal: *Mahon Gomelin, Mahon Jumelin, Mahomet Gomelius.*

Un intérêt particulier offrent les surnoms *Gomelin, Jumelin, Gomelius* (qui ressemblent au finnois Jumala = dieu), sur lesquels nous sommes de l'avis qu'ils se désarticulent dans les thèmes *Gom = Go* ou *Gu* = dieu (*var. Jum*) + *e* = dieu + *lin* = dieu ou *li* + *u* + une *s* de flexion = dieu. Il s'ensuit, selon nous, que *Gomelin* et *Gomelius* signifient *dieu.*

D'un grand intérêt est aussi la série *Machon, Macon,* où probablement un thème *con* = dieu remplace la syllabe *hon* (voir ci-dessous).

Nous ferons maintenant mention de quelques noms de lieux et d'un nom de personne (I), qui, à notre avis, contiennent le nom *Mahon,* nous donnerons ensuite quelques noms communs (*II*) formés sur le même thème.

I. *Noms de lieux.*

En examinant les noms de lieux pouvant contenir le thème *Mahon,* l'on s'aperçoit qu'il existe deux formes principales du nom, savoir: *Mahon ∼ m* et *Mahan ∼ m* — lequel dernier nom induit à croire que nous sommes en présence du nom du dieu indien *Maham*. Nous traiterons d'abord de la forme *Mahan* (A.), et ensuite de la forme *Mahon* (B.). — Parmi les noms de lieux, il y a à observer specialement *Hommet*, qui nous paraît être une abréviation du nom *Mahommet*.

A.   *Mahan* ~ *m*.

Dans les plus anciennes chroniques latines où il s'agit de la terre gauloise-franque, nous relevons le fort intéressant nom de la *villa Mademahem* (*Vita S. Villehadi* (ann. 860), *Monum. Germ. hist.*, ed. Pertz, *Scriptores* II, p. 389). Les deux dernières syllabes de ce nom forment le nom *Maham* (~ *hem*). Concernant la première partie du nom, le thème *Ma* y est uni au mot *de* = dieu = *Made*, même espèce de composé, paraît-il, que *Macon*, variante du nom *Mahon* ci-dessus mentionnée. Une autre variante du nom Maham est, semble-t-il, *Mamaccas villa* (*Ann. Mettenses* (ann. 692), *Monum. Germ. hist.*, ed. Pertz, *Scriptores*, I, p. 320), où nous voyons deux *Ma*, peut-être originels, ou peut-être aussi un *m* a-t-il pris ici la place d'un *h*.

En plus, le nom de ville *Mâcon* s'ajoute aux dérivés de Mahan ou Mahon, ce qui est un fait fort important. On a de Mâcon les vieilles formes suivantes: *Matisco Æduorum* — et *Matasconam* (urbem) (*Prudentii Trecensis Annales* (ann. 842), *Monum. Germ. hist.*, ed. Pertz, *Scriptores*, I, p. 439), etc., noms où nous trouvons les thèmes *Ma* + *ti* = tigre? = dieu, *ta* < *ti* et *co* ~ *con* = dieu. Il est de toute évidence que Mâcon est le même mot que la variante de *Mahon Macon*, et il y a ici une preuve que Macon variante de Mahon s'est formé exactement de la façon que nous avons proposée. Il est, du reste, fort à propos que le dieu Mahan, Mahon soit adoré ainsi dans une contrée fertile comme celle où est situé *Mâcon*.[1]

---

[1] Il paraît aussi que le nom de la tribu gauloise les *Mediomatrici* et que *Mettis* = *Metz* proviennent de *Ma*(hon), ici *M*(*a*) + e + di, etc. + *ma*; *Mettis* = *M*(*a*) + *e* + *tis* = *Ma* + dieu répété.

Le nom Mahan ~ m se trouve aussi assurément contracté et abrévié dans *a. Man. b. Ham ~ Han.*

a. Man.

La contraction *Man* se rencontre dans le nom de lieu *Le Mans* et aussi dans le nom de l'île *Man* entre l'Angleterre et l'Irlande. Nous nous arrêtons ici pour dire qu'il paraît que l'on a commis une erreur dans l'explication qu'on a donnée de la provenance du *Mans*. M. Longnon dit (*op. cit.*, I, p. 100): «la chose a été fort bien expliquée par Jules Quicherat, à l'aide d'une forme donnée par un document de 765, Cilmannis: la forme vulgaire qui en est resultée a passé par un substantif *Mans*, précédé d'un adjectif démonstratif, auquel l'article a été substitué. Le nom de la province du Maine a subi la même altération.» A notre avis, il y a ici une tout autre affaire, et un fait analogue à celui par lequel s'expliquait le nom de la ville bretonne Ker-ahès (voir p. 19). *Le Mans* est, indubitablement, une formation fort populaire: *Mans* est une contraction de *Mahan* + une *s* de flexion, et il est précédé d'un *Le*, dans lequel il y a à voir un *li ~ le* = dieu. — (Les noms de lieux composés avec ce *li ~ le* sont très fréquents. Voir ci-dessous.) Et il paraît que, dans le nom de lieu *Mansle* (Charente), nous avons la preuve claire de la vérité de notre dire, le mot *li ~ le* = dieu y étant ajouté *à la fin*, et non au commencement du nom du Mans. Concernant le nom *Cenomanni*, il semble être, comme le nom *Osismii*, un nom *officiel*. (Cf. ci-dessous p. 83.)

b. *Ham ~ n.*

M. Longnon exprime l'avis, dans son ouvrage ici plusieurs fois cité, que les noms de lieux *Ham*, si fréquents en France, sont de provenance saxonne sur les côtes, et, dans l'intérieur du pays, de provenance franque.

Nous voyons une preuve pour notre opinion que Ham est une abréviation de *Maham* dans le fait que les noms *Ham* sont parfois suivis d'un *l(i) ~ l(e)*: ainsi *Hamel* (Somme) = *Ham + e + l(i)*; cf. *Mansle* (cf. *le Han*, nom d'un écart de Bourg-Bruche, et *le Ham*, nom porté par des communes du Calvados, de la Manche et de la Mayenne, Longnon, *op. cit.* § 876, où il y a sans doute le même *le*. M. Longnon explique ce *le* de la manière que *ham* aurait trouvé place dans le langage courant, ce qui est évidemment une explication erronée).

A cette preuve s'ajoutent d'autres: d'abord des noms gaulois où entre le thème *ham*, ainsi: le nom d'une vieille forêt (silva) *Hamarithi* (*Vita S. Liudgeri*, (ann. 785), *Monŭm. Germ. hist.*, ed. Pertz, *Scriptores*, II, p. 418), nom qui constitue du reste un fort intéressant exemple d'un mot composé avec le thème *ri* = dieu (+ *ti* = dieu), et le nom *Coldaham*, nom d'une villa et d'un fleuve (*Ekkeh. IV Casus S. Galli, Monum. Germ. hist.*, ed. Pertz, *Scriptores*, II, pp. 79, 136). C'est un nom qui consiste sans nul doute dans les thèmes *Co* = dieu + *l(i)* = dieu + *da* < *do* = dieu + *ham*. En plus, un appui de notre opinion est offert par le nom *Ham-Monacu* (Somme), *Monacu* étant formé sur *Mon*, qui, comme nous le montrerons tout à l'heure, est une forme de Mahon (+ *a* < *u* + *cu* = dieu).

Il est moins probable que Ham soit une modification de *Ha* < *Hu*. Cf. ci-dessous *Hom*.

Nom de personne.

Nous mentionnons ici un nom de personne qui paraît être aussi une forme de *Mahan*, savoir *Manan*, dans *Mananda*, le même nom que celui du dieu irlandais *Manannan*.[1] Mananda se trouve comme juron chez Bonaventure Despériers (l'exemple est pris chez Godefroy). Nouv. récréat. De l'enfant de Paris: «Perrette, il est beau garçon ... *Mananda*, disoit la garce, ... Madame il est net, etc. ...»

Ajoutons que le nom Mananda figure dans la mythologie indienne.[2]

Notre opinion Ham < Maham aura aussi un appui dans un des noms communs que nous mentionnerons ci-dessous.

B. Mahon ~ m.

Nous n'avons pas eu la bonne fortune, pour les noms de lieux, de trouver la forme *Mahon*, qu'au contraire, nous avons

---

[1] Voir *Revue celtique*, VI, pp. 203, 205 suiv.

[2] W. Kirfel, *Die Kosmographie der Inder*, Bonn & Lpz, 1920, p. 122.

rencontrée parmi les noms communs. Nous avons seulement trouvé des exemples de la forme *Mon* (*a*) et de la forme abrégée *Hom* (*b*).

a. *Mon.*

Mon provient, à notre avis, peut-être d'un *mamon* (cf. ci-dessus *Mamaccas villa*), où un *m* a pris la place d'un *h* ou d'un *c*, mot qui a peut-être ensuite passé à *momon*, devenu enfin *mon*. Nous rappelons ici le nom des tombeaux préromains en Espagne *mámoa*, qui est apparemment le même nom, et qui indique une telle évolution. (La plus ancienne porte de Santiago était appelée *Mámoa*.)[1] Voir aussi ci-dessous *Momonia*. Peut-être la formation de mon s'est-elle pourtant faite autrement.

Mon se rencontre très tôt dans le nom *Monaco*. A ce nom M. Longnon assigne (*op. cit.* I, p. 7) une provenance grecque: «Portus Herculis Monoeci était», dit-il, «le port consacré à Ἡρακλῆς Μονοῖκος, dénomination grecque d'un Hercule solitaire qui n'est autre, paraît-il, que l'Hercule tyrien, c'est-à-dire le dieu phénicien Melkarth.» Opinion qui n'est certes pas juste. *Monaco* c'est le même nom que *Monacu* de *Ham-Monacu* ci-dessus mentionné, et il se désarticule, comme ce nom, dans les thèmes $Mon + a < u + cu \sim co =$ Mon + dieu. Il y a aussi lieu de mentionner ici l'île *Mona* = Anglesey, nom qui est visiblement formé sur $Mon + a < u$, dans laquelle île était localisée une légende sur *Cath Paluc*. Mentionnons aussi la région *Momonia* en Irlande, dont parle Giraud de Barri dans sa *Topographia Hibernica*, lequel nom appuie notre théorie sur la formation de *Mon*. — Dans son voyage en Irlande, où il était envoyé par Henri II pour l'exploration de l'île, tant en fait de sa nature que de ses antiquités, Giraud de Barri trouva en *Momonia* un lac avec deux îles, l'une plus grande, l'autre moindre, celle-là avec un temple de l'«antique religion», celle-ci avec une chapelle desservie par des colidés («Major ecclesiam habet antiquæ religionis. Minor vero capellam, cui pauci cœlibes, quos Cœlicolas vel Colideos vocant, devote deserviunt.»[2]) Il paraît donc que

---

[1] H. W. Howes, *The cult of Sant-Jago at Compostella, Folk-Lore,* XXXVI, p. 132.

[2] *Chronicles and memorials of Great Britain and Ireland,* 21, V, p. 80.

Mahon ait été adoré dans cette région, ainsi qu'à *Man* et à *Mona*.

Revenons en Gaule. On peut relever ici un nom de lieu, où, certainement, entre le nom *Mon*: Le Mont du Chat, auquel on donnait selon M. Freymond (voir l'étude citée, p. 376), aussi les noms *Mons Munni* en 1026 ou en 1028 et, un peu plus tard, *Mons Munitus*; aussi *Mont Monix* et *Mont-Mun*. Le sens de čes noms n'est visiblement pas montagne fortifiée, comme le croit M. Freymond, mais montagne du dieu *Mon*. Ainsi *Munitus* se décompose sans doute dans les thèmes *Mun* $=$ *Mon* $+$ *i* $=$ dieu $+$ *tus* probablement $=$ $t(i)$ $+$ *u* $=$ dieu $+$ une *s* de flexion. *Munni* est *Mun* $+$ *i*. *Monix* est *Mon* $+$ *i* $+$ *s*. Dans *Mont-Mun* il y a *Mun* pur. On trouve le même nom aussi dans un «castellum» *Munnam* près du Rhin, au commencement du XIe s.

b. *Hom* ~ *n*.

Comme *Ham* paraît être une abréviation de *Maham*, *Hom*, qui se rencontre fréquemment comme nom de lieu, paraît être une abréviation de *Mahom*. Le vieux nom de lieu *Méné-Hom*, qui joue un si grand rôle dans le *Roman d'Aiquin*, porte p. ex. certainement témoignage de la provenance de Hom, car, sans nul doute, *Mé* est là une altération de *Ma*, un *e* $=$ dieu ayant pris la place de l'*a* originel. M. Longnon lui donne de tout autres étymologies (voir *op. cit.*, II, 1922, pp. 285, 286). — Ce nom aussi est souvent uni aux thèmes *li*, *le*, p. ex. *le Hommel* — et *le Hommet* (*Maine*). Dans son ouvrage cité, M. Longnon considère ces noms de lieux comme des *diminutifs* de *Hom*. Mais il y faut voir, évidemment, *Hom* $+$ *e* $=$ dieu $+$ l(i) dans *Hommel* et $+$ t(i) dans *Hommet*. *Hommet est tout simplement* — comme nous l'avons déjà dit — une abréviation du *prototype de la variante Mahommet du nom Mahom*.

Ajoutons qu'il apparaît que *Hom* ne vient pas de *Ho* $=$ *Hu*. Ce nom de dieu se conserve dans les noms de lieux sous la forme *Hou*, dont il y a une grande quantité l'exemples, nom précédé souvent de *Le*.

Si ce que nous venons d'émettre concernant Mahan et Mahon ne paraît qu'insuffisamment convaincant, ce qui suivra montrera que nos opinions sont bien fondées. Dans les noms communs ci-dessous on trouvera ces arguments décisifs.

II. *Noms communs.*

A. Mahan ∼ n.

a. anc. franç. *mahaner, mahenner, maenne; mahain, mehain, mehaignier.*

Dans le *Glossarium* de Du Cange il est dit sous *Mahamium:* «*Mahain* et *Mehain*: membri mutilatio vel enormis læsio, qua quis ad serviendum Principi in bello redditur imbecilior». Nous empruntons des nombreux exemples énumérés dans Du Cange de *Mahamium* les suivants: en date de 1207, «in quibus mors vel Mehaignez» — en date de 1270, «de qua Mehaimium vel mors»; nous reproduisons aussi l'expression «Mahemium inferre» et la phrase «ne quis hominem Mahemiat ne occidat». Enfin, nous référons un exemple d'une des formes anc. franç. que donne ce Glossaire: «et Mahaim et sanguine», in Charta Henrici II Reg. Angl. ex Tabul. Les mots en question sont, comme on sait, souvent employés en ancien français. En fait de ces vocables, nous osons avancer qu'ils dérivent du nom Maham: ils se réfèrent, à notre sens, aux immolations à ce dieu. Or, ils répondent exactement, ce semble, au genre d'immolations, dont placatur, selon le scoliaste mentionné (voir ci-dessus, p. 38), le dieu *Toutatis* : — «sanguine diro», et il paraît ainsi probable que Mahan est identique à ce dieu, cf. pp. 86, 87. — Les mots rapportés dans Du Cange ont même conservé le *m majuscule* de leur étymon. — Ces vocables rendent presque certaines nos suppositions ci-dessus sur *Mahan.*

b. man.

On sait que le larve du *hanneton* est appelé *man.* Nous croyons pouvoir démontrer plus loin que le mot hanneton vient lui-même de *han = Mahan*; le mot *man* nous semble être la forme contractée de *Mahan.*

c. ham.

Le vieux gallois a un nom commun *ham* qui a le sens d'été.[1]

---

[1] H. d'Arbois de Jubainville et É. Ernault, *Études grammaticales sur les langues celtiques*, Paris, I, 1881, p. 33.

Le même mot se trouve en breton sous la forme *han*.[1] M. d'Arbois de Jubainville fait venir *ham* «du thème gaulois samo*» (*op. cit.*, p. 33), opinion à laquelle nous ne nous rallions pas. Il nous paraît incontestable qu'encore une fois nous sommes en présence d'une abréviation de *Maham, Mahan:* le vocable *ham* = été répond à une divinité de la nature et des moissons, ainsi aux facultés de *Mahom*. Ce mot confirme ainsi la théorie que *Maham* et *Mahom* sont le même dieu (au moins à peu près, car peut-être, voir plus loin p. 89, se distinguent-ils, parfois, l'un de l'autre, par une petite nuance).

En résumé, les exemples que nous avons présentés concordent pour affirmer que *Maham* est un doublet de Mahom, dieu gaulois de la nature.

B. *Mahon* et *Mon*.

Nous commençons, pour Mahon ∿ Mon, par une particule qui a été l'objet de bien des discussions et à laquelle nous nous arrêterons par cette cause quelque peu.

Cette particule est

a. *mon*.

L'opinion générale concernant l'étymologie de la particule *mon* est, on le sait, celle qu'elle provient du latin *mŭnde*, adverbe. C'est l'avis que soutient p. ex. M. G. Körting dans son *Lateinisch-romanisches Wörterbuch*. Le mot *mon* serait, d'après cette hypothèse, en quelque sorte analogue à l'expression anc. franç. *c'est la pure* (vérité). On a aussi émis d'autres opinions pour la provenance de *mon*. MM. A. Darmesteter et A. Hatzfeld se sont contentés tout de même de dire que *mon* est une particule *d'origine obscure*. Ils disent (*Le seizième siècle*, 2e éd., 1897, I, p. 280): «*mon* est une particule d'origine obscure, fréquente en vieux français, et qui signifie *assuré-ment, en réalité*. Elle s'employait spécialement dans les locutions: *ce fais-je mon, c'est mon, ç'a mon*.». M. J. Humbert dérive *mon* (*Neue Jahrbb. f. Philol. u. Pädag.*, Bd. 141, p. 380) *du pronom possessif mon*, opinion combattue par M. Körting dans *Nachtrag* à son *Latei-*

---

[1] *Ibid.*, p. 116*.

nisch-romanisches Wörterbuch, 5472. L'abbé J. Rousselot propose (*De vocabulorum congruentia in rustico Cellæ-Fruini sermone*, Paris, 1892, p. 311) l'étymologie *minus*, étymologie qui est rejetée par M. A. Thomas, dans la *Romania*, XXI (p. 442); M. Thomas trouve la conjecture de M. Rousselot «ingénieuse mais bien peu vraisemblable».

L'on a déjà deviné, sans doute, quelle acception nous donnons à la particule débattue. *Elle est*, à notre avis, *un juron par Mon, savoir par Mahon.*[1]

Ce juron ne se rencontre pas dans la littérature avant le commencement du XIIIe siècle. Or, cela se comprend. A cette époque, il n'y avait plus, comme auparavant, de danger à s'en servir, le paganisme étant visiblement plus tôt fortement enraciné dans le sol français et la puissance temporelle et l'Église unissant alors leurs forces pour le combattre, comme nous le montrerons dans ce qui suivra (partie III).

Au XIIIe siècle, *mon* avait l'acception de *diable*. On employait du reste, aussi, à cette époque, des jurons justement par le diable. (Cf. p. ex. Girbert de Montreuil, *Roman de la Violette:* «comment dyable», dist-il ...?)

Il nous semble utile de passer en revue maintenant quelques exemples de l'emploi du juron *mon*. Ainsi que le remarquent MM. Darmesteter et Hatzfeld, *mon* était usité dans des expressions où il accompagnait les verbes *estre, aveir* et *faire*. Nous ajoutons que, dans ces expressions, ces verbes renvoient souvent à des formes des mêmes verbes, et que *faire* se réfère aussi souvent à d'autres verbes — tout cela selon l'usage de l'ancien français. Les expressions dont il s'agit sont ou la réponse à une question, ou une affirmation d'une phrase affirmative. Voici des exemples des trois catégories mentionnées.

Estre + mon.

Estre se réfère à estre.

---

[1] Il n'est pas croyable que *Mon* provienne du nom du dieu égyptien Ammon, mais c'est peut-être le même mot.

[2] K. Bartsch et A. Horning, *La langue et la littérature françaises depuis le IX*[ème] *siècle jusqu'au XIV*[ème] *siècle*, Paris, 1887, p. 394: 24.

78

Estre + *mon* sont la réponse à une question:

Un des plus anciens exemples de *mon* que nous ayons trouvés est le suivant, qui se rencontre dans un fragment de *La Vengeance Raguidel*[1] (vers 1210, poème qui en contient plusieurs exemples).

Il est nécessaire de dire d'abord de quoi il s'agit. Gauvain, neveu d'Arthur, en traversant à cheval un bois, rencontre un autre cavalier, et, dans une lutte qui s'engage entre les deux cavaliers, Gauvain donne à l'autre un coup formidable:

> Lors li escrie: «Esta, esta!
> Frans chevaliers, areste-toi.
> Comment as non? ansegne-moi.»
> Quant messire G. l'antent,
> Si li respont isnellement:
> «J'ai non G.» — «G?.» fait cil;
> «*Estes* vos ce?.» — «Oïl», fait il,
> «*Ce sui je.*» — «Par foi! *c'estes mon!*
> Li cos garantist bien lo non,»

(ce = celui-là).

Voici maintenant deux exemples qui montrent la répétition du contenu d'une phrase affirmative:

Philippe de Beaumanoir, *la Manekine* (vers 1270):[2]

> «Et la vierge — — — —
> *Soit beneoite* de son fil,»

> «Sire», dist ele, «*che soit mon!*»

Coquillart, *Playdoyer* II, 13 (Godefroy):

> Escheq a l'huys, c'*est* fait. — *C'est mon.*

Estre ne se réfère pas à estre.

Adam de la Hale, le *Jeu de Robin et de Marion* (vers 1280):

> *Peronnelle:* Esgar, Marote, je voi la,
>   Che me samble, Robin venant.
>   *Marions: C'est mon.* —[3]

----

[1] P. p. M. P. Meyer dans la *Romania*, XXI, p. 415.

[2] Éd. H. Suchier, vv. 6521, 6527 (t. I. des *Œuvres poétiques de Philippe de Rémi, sire de Beaumanoir,* Paris 1884. *Soc. des anciens textes français.*)

[3] Bartsch et Horning, *op. cit.*, p. 545: 5.

Ici prend place aussi c'est neutre affirmatif + *mon*.

Dans *ç'a mon* ci-dessous on doit voir un c'est neutre affirmatif altéré vulgairement devant *m* en ç'a — + mon.

Comm. de Chans. III: 2 (Godefroy):

> *Jeanne:* On fait courir par la vile
> D'assez mauvais bruits sur toy.
> *Silvie:* Vraymen, *sa mon*, il y a bien de quoy.

Aveir + mon.

Il est clair que les expressions formées d'*aveir* + *mon* étaient analogues aux expressions formées d'*estre* + *mon*, excepté pour c'est neutre affirmatif. Voir les exemples ci-dessous qui nous sont fournis par *Les Narbonnais* (vers 1210) et par le fabliau *Le povre clerc* (*Recueil général des fabliaux des XIIIe et XIVe siècles*, p. p. A. de Montaiglon et G. Raynaud, t. V, p. 198).

Dans nos deux exemples (ainsi que dans les autres que nous avons vus), il y a pourtant seulement répétition du contenu d'une phrase affirmative:

Les Narbonnais:

> «En cele terre *n'a* nul oir se nos non.»
> «Par saint Denis,» dist Charles, «*ce n'a mon.*»[1]

Le povre clerc:

> «J'*avoie* bien de vos pansé
> Assez mialz que je ne disoie.»
> «Dame», fait il, «se Deus me voie,
> *Saviez mon*, j'en suis mout liez.»

Faire + mon.

Faire pour faire.
Affirmation.
Beaumanoir, *La Manekine*, v. 458:

> A folie me *font entendre.*
> A folie, voir, *ce font mon!*

---

[1] Éd. H. Suchier, 1898, v. 2852, *Soc. des anc. textes français.*

Faire pour un autre verbe.

Réponse à une question.

Farce du *Garçon et* de *l'Aveugle*[1] (vers 1277, selon M. G. Paris):

> *Cecus: Tu ne vois* rien?
> *Saudret: Ce ne fais mon.*

Affirmation.

Adam de la Hale, *le Jeu de Robin et de Marion*:[2]

> *Gautiers:* S'il revient, *il le comperra.*
> *Badouiers: Che fera mon,* par ceste teste!

M. Godefroy range l'expression anc. franç, *a savoir mon = c'est-à-dire* dans la même catégorie que estre, aveir, faire + *mon*. Cela est apparemment une erreur. Dans cette expression, *mon* est visiblement le pronom possessif mon. Nous aurons à reparler de cette expression dans la suite (partie III).

Une autre preuve pour la vérité de notre opinion sur *Mon* offre le cri de guerre, jusqu'ici inexpliqué, des rois français:

b. *Monjoi, monjoie.*

M. J. Bédier a raisonné longuement sur ce cri de guerre dans ses *Les légendes épiques* II (p. 225—239). Ce savant date le cri *monjoi(e)*, cri des rois français, du XIe siècle, Orderic Vital étant le premier historien qui le mentionne: selon Orderic Vital, ce cri aurait été employé pour la première fois dans une bataille de *1119* (*ibid.*, p. 235, note). A cette occasion, M. Bédier réfère aussi des tentatives d'expliquer le mot *Monjoie* faites déjà par Orderic Vital et dans la *Chanson de Roland*, et plus tard par divers érudits. Là-dessus il fait une observation intéressante (p. 236): «Il est remarquable», dit-il, «qu'on ait proposé dès ces hautes époques deux étymologies que devaient

---

[1] G. Cohen, *Romania*, XLI, p. 354.

[2] Dans Bartsch et Horning. *op. cit.*, p. 530: 14. — Comme on sait, le vocable *mon* a été très longtemps usité. (Il ne paraît pas avoir été compris par Du Guez, qui, dans *An Introd. for to lerne to speke french trewly*, traduit *ce ne suis mon* par *no more am I* (Godefroy).) On trouve *mon* non seulement chez Marot, Bonaventure Despériers et Régnier, mais aussi chez Corneille, Saint-Évremond et Molière, etc., voir A. Darmesteter et A. Hatzfeld, *Le seizième siècle*, 2e éd., 1897, I, p. 280.

reprendre, à leur insu, les historiens des temps modernes: *Montjoie* est *Meum Gaudium*, dit Orderic Vital, et c'est aussi l'opinion d'Étienne Pasquier. *Montjoie* doit être interprété par le nom de telle ou telle colline: la Montjoie de Conflans-Sainte-Honorine, disait Raoul de Presles, ou la Montjoie de Saint-Denis, disait Du Cange: et c'est aussi le principe de l'explication proposée par la *Chanson de Roland*.» La Chanson de Roland explique, comme on sait, monjoie par la légende selon laquelle le pape (Hadrien) aurait donné à Charlemagne, sur une colline de Rome appelée Montjoie, une bannière. M. Bédier fait disparaître cette légende. Pour ce qui concerne *monjoie* comme cri de guerre, M. Bédier n'apporte pas d'explication, mais il rapporte (p. 227) que monjoie «s'est dit, au propre et au figuré, d'une éminence quelconque, d'un monticule, d'un tas, d'un monceau: *une monjoie sur les chemins pour adresser les chemineaux, — une monjoie de fagots, — de corps morts, — c'estoit monjoie de douleurs*», et il explique d'une manière très convaincante les dénominations *Montjoie* de deux montagnes — en Italie et en Palestine —: par cette conjecture que les Français, en pèlerinage, leur auraient donné ce nom.

Pour nous, tout cela: cri des rois français, et collines, grandes et petites, tas et monceaux, s'expliquent par *le nom du dieu Mon (Mahon)*. *Monjoi* ∼ + *e* n'est pas autre chose, à notre avis, que le nom du dieu *Mon* + *goi* = *joi* ou *goi* + *e* = *joie* signifiant dieu = *go* = dieu + *i* = dieu ∼ + *e* = dieu: goi est le même mot que celui qui est ajouté à *jarni*, dans *jarnigoi*, et dont le fréquent usage se montre justement dans *monjoi* (+ *e*), et c'est tout simplement une addition semblable à celle qu'a reçue le nom du même dieu — *Mahom* — dans *Gomelin, Jumelin, Gomelius*, surnoms dont nous venons de traiter. Le cri *Monjoie* forme donc parallèle avec les cris *Ut* et *Valie*. Ainsi il est clair aussi que *Monjoie* a pu être donné comme nom à des collines, *Mon* étant le dieu de la terre, le dieu spécial des montagnes (de cette qualité, ainsi que d'autres de ce dieu, nous en reparlerons tout à l'heure. Et ce qui, en fait des acceptions mentionnées de monjoie, n'est pas encore suffisamment clair, nous en donnerons l'explication en nous occupant des immolations aux dieux gaulois). — Le cri *Monjoie* se montre à l'état christianisé dans les chansons de geste: on l'y trouve — comme le rapporte M. Bédier — uni aux noms Saint-Denis, Nostre Dame — Saint-Denis, Dieu et Saint-Denis. Cf. p. 87.

Quant à *Joyeuse*, épée de Charlemagne, on trouve aussi naturellement dans ce mot les thèmes $goi = go = $ dieu $+ i = $ dieu.

Il est ici lieu de faire en plus le compte de *l'oriflamme* ou *l'orieflambe*. Sans nul doute, ce mot doit se composer des thèmes $o = hu = $ dieu suprême $+ ri = $ dieu ($+ e = $ dieu): c'est la flamme de dieu, indubitablement, la justice suprême, cf. notre chapitre sur le culte (t. II).

De tout ce qui précède il résulte que *Mahon ~ m—Mahommet est*, dans la réalité, *un dieu gaulois*. Quelques preuves encore seront maintenant ajoutées aux précédentes, preuves qui jetteront en plus du jour sur la divinité en question. Aussi, nous exposerons quelques passages des chansons de geste, qui donneront à Mahon et aussi à Tervagan le cadre de la manière des Gaulois de concevoir le monde et leurs divinités.

c. mahom, mahomi, mahoum, mahouma, machom, machoum.

Dans son *Glossaire moyen breton*, M. É. Ernault dit (p. 383): «*Machaff* oppresser C, *mahein* fouler aux pieds L. ... de **maccare*, espagnol *macar*, v. fr. *maquer*, *macher*. — De là aussi sans doute *mahomi*, *mahoumi* envahir, usurper Gr., cornou. *mac'houma*, *mahouma* changer les bornes qui séparent les héritages pour usurper le terrain du voisin Pel., *mahomèr* usurpateur, *mahomérez* usurpation Gr., *mac'hom*, *mac'houm*, *mahoum*, *mahom* glouton, vorace Trd.; (pour le suffixe,» — dit M. Ernault — «cf. moy. bret. *presum* oppression.»)

L'étymologie proposée par M. Ernault est sûrement erronée, mais il se peut que les deux séries remontent à une même étymologie. En tout cas, l'étymologie de la deuxième série est claire: cette série provient — il n'y a pas de doute là-dessus — du nom *Mahom*, qui, dans les cas où le mot présente un *c*, à, sans aucun doute, annexé un *c(o)* et se montre alors identique à la forme déjà citée *Mâcon*, la ville, et aux variantes analogues du nom *Mahon*.

Ainsi, les vocables dont il s'agit n'offrent pas de difficultés pour la forme. On verra tout à l'heure que le cas est le même quant au sens.

L'exemple *mac'houma*, *mahouma* nous servira de point de départ. Ces mots signifient, comme il vient d'être dit, changer les bornes qui séparent les héritages pour usurper le terrain du voisin, lequel sens donne à croire que Mahom était le dieu gaulois des pactes.

Notre supposition se vérifie de la façon suivante.

Parmi les dieux italiques il y a un dieu des pactes et des traités qui paraît être le même que *Mahon ~ Mon*. Il est présenté dans des inscriptions, et aussi par Ovide et par les Pères de l'Église. Voici p. ex. deux inscriptions à son adresse:[1] *Semoni sanco Deo Fidio sacrum* et *Sanco Fidio Semopatri*. Chez Ovide, *Fasti*, l. VI, v. 213 sq, il porte les noms *Fidius Sancus* et *Semo pater*. Ovide dit qu'il est un dieu des *Sabins*. Un autre nom du même dieu est *Simon Magus*, donné p. ex. par Tertullien.[2] Tertullien et d'autres Pères de l'Église attestent, du reste, l'existence à Rome d'une image de *Simon Magus*.

En regardant maintenant de près les noms de ce dieu, il nous paraît assuré que la partie *mon* de *Semoni* est *mon = Mahon*. Cela trouve un appui dans le nom *Magus*, qui paraît pouvoir se désarticuler dans ces deux parties: *ma =* Mahon ou Maham *+ gus = gut =* dieu. (Le nom *Sancus* semble se composer de *S = c* assibilé ou d'*Es*, dont l'*E* serait tombé(?) *+ an =* dieu *+ cus =* dieu — *Se* de *Semo* est-il *S = Es + e =* dieu, et le thème *Ce* du nom gaulois *Cenomanni* serait-il un thème analogue?)

Ajoutons que, portant le nom *Magus*, ce dieu a été confondu avec Simon le Magicien; il se trouve, sous ce déguisement, dans quelques chansons de geste (voir E. Langlois, *op. cit.*)[3].

En résumé, nous soutenons que le dieu italique Simon Sancus ou Magus est le même que le dieu gaulois *Mahon* et que, par la qualité de dieu des traités et des pactes de celui-là, s'explique cette même qualité du dieu gaulois.

(Il faut pourtant rapporter ici aussi le fait, mentionné par M. Longnon dans l'ouvrage cité (pp. 72—74), que le thème *igoranda*,

---

[1] Ces deux inscriptions sont mentionnées en note dans Migne, I, coll. 348, 350.

[2] Tertullianus, *Apologeticus*, c. XIII, Migne, I, col. 347.

[3] Parmi les noms qu'il porte dans les chansons de geste, il faut remarquer celui de SIMON MATEFELON, *Rolant*, herausgg. W. Foerster (Altfranz. Bibl. VII) E. Langlois, *op. cit.*; dans le nom Matefelon, il y a les thèmes *Ma + te ~ ti*.

mot qui se compose probablement de divers thèmes signifiant dieu employés par les Gaulois, s'emploie pour désigner des lieux qui se trouvent près des limites d'une circoncision.)

d. mahon.

. Voici un mot qui a nettement la même forme que le nom *Mahon* (il y en a aussi un parmi les noms communs mentionnés sous *c.*).

Le mot *mahon* a la signification de *coquelicot*. Selon Körting, *Lateinisch-romanisches Wörterbuch, mahon* est employé *en Normandie* avec ce sens. Et le Glossarium de Du Cange cite un exemple qui dit qu'il est usité avec cette signification *en Picardie*. L'exemple où se trouve cette dernière notice date de 1401. C'est le suivant: »*Sed et erraticum papaver vulgo coquelicot Picardi nostri Mahon vocant.*

Voici notre explication. Le coquelicot = *Mahon* représente Mahon, et le nom de la fleur vient directement du nom de ce dieu, il ne vient pas, comme le croit M. Körting (*Wörterbuch*), du ahd. *mago*, mhd. *mahen*: et c'est un symbole du dieu Mahon: il y a évidemment, dans cette fleur, allusion à sa qualité de dieu de la vie: le symbole est comparable aux symboles de la vie qui se voient sur l'autel de Reims, glands et faînes.

Ce mot se trouve en plus dans tous les exemples cités dans Du Cange avec un *m* majuscule, ce qui affirme, d'une manière spéciale, que le mot provient du nom du dieu *Mahon*.

e. mohon.

Mot wallon, signifiant moineau. (Körting, *Wörterbuch*.) Ce mot vient — cela est très clair — de *Mahon*; il a, comme nous le montrerons plus loin (t. II), trait aux immolations par feu à ce dieu.

Voici, maintenant, en outre, divers traits concernant Mahon.

Pour ne rien omettre du cadre de Mahon, nous intercalons ici d'abord une remarque, celle qu'il existe parmi les dieux gaulois aussi un dieu de la mer: *Margos, Margot*, dont l'existence est attestée par un passage d'une charte de 1147, cité par M. J. Bédier (*op. cit.* II, p. 61, note 3. Cette charte se trouve dans le Cartulaire général de l'Yonne, t. I). Il y est question d'une *domum Marjot in atrio montis Lassonis sitam*, d'un temple du dieu *Marjot*, c'est-à-dire du dieu *Margot*. — Mentionnons aussi qu'on jurait, comme le montre le folklore français, et par les pierres et par l'eau. La division est peut-être de très vieille date. On doit peut-être voir déjà dans les dieux *Gog* et *Magog* les dieux de la terre et de la mer. Mais Mahon est aussi appelé explicitement dieu de la mer: dans *Otinel*[1]:

> Mès croi Mahon qui [tut le munde guie],
> Et ciel et terre et la mer qui ondie;

Nous reviendrons à *Margot* plus longuement tout à l'heure. Maintenant nous rapporterons quelques traces probables de la religion des Gaulois qui font cadre autour du dieu Mahon et qui se rencontrent dans les chansons de geste. Ces vestiges se trouvent généralement dans des dialogues théologiques, pourrait-on être tenté de dire, qui, très souvent, dans les chansons de geste, occupent les luttants dans un combat singulier — dialogues entre un chrétien et un Sarrasin. Ainsi p. ex., dans le *Couronnement de Louis*[2], cette dialogue entre Guillaume au court nez et le géant Corsolt:

> Dex est lasus desor le firmament,
> Çà jus de terre n'ot onques un arpent,
> Ainz est Mahom et son commandement.

Selon ce dire, Mahon n'est visiblement pas, au reste, autre chose que les forces de la nature. Cette profession de foi embrasse aussi le culte des planètes, et nous verrons tout à l'heure que Mahon et Tervagan sont identifiés au soleil et à la lune.

La profession de foi que nous venons de référer — de l'athéisme pur — paraît avoir été répandue partout, paraît avoir fait formule, car nous la rencontrons en plus d'un endroit dans les chansons de geste. Ainsi les mêmes mots sont prononcés par Aarofles dans *Aliscans*[3]:

> Dex est lasus, desor son firmament;
> Il n'a çà jus de terre plein arpent,
> Ainz est Mahoms à son commendement.

---

[1] Éd. F. Guessard et H. Michelant, Paris, 1859, v. 144.
[2] Éd. Jonckbloet, v. 833.
[3] Éd. Jonckbloet, v. 1413.

De même on les trouve dans la *Bataille Loquifer*[1]:

En fait maintenant des planètes comme représentant les dieux Mahon et Tervagan, il y a p. ex. ce passage dans les *Quatre fils Aymon*[2], passage qui a trait d'abord à Mahon:

> Et est aussi en [air] comme nos vos dirom,
> A pierres d'aïment quel tienent environ,

Une variante *B* donne «tous tans i est en air».

Dans les vers suivants, Tervagan apparaît comme la lune[3], Mahon est évidemment le soleil; toujours de l'athéisme pur. Les deux dieux sont entourés d'étoiles. (Le mot chandelarbre est littéraire.) Voici ce passage:

> Là sunt li chandelarbre qui ardent nuit et jor;
> Ne por vent ne por pluie jamais n'en estaindront,
> Ne ainc s'apetiserent vaillissant .I. bouton.
> Là servent en l'orfroie Tervagan et Mahon.

Un autre témoignage du même genre nous apporte le *Roman de Mahomet* d'Alexandre du Pont (en 1258) (traduit, comme on sait, d'un poème latin d'un certain Gautier). Dans ce poème, il est raconté que l'enchanteur Mahomet avait nourri et apprivoisé secrètement un jeune taureau caché dans le voisinage. Ce taureau portait entre les cornes la loi de Mahomet. Ce qui doit être une altération d'une croyance que la lune, dans son plein, se composât des deux cornes de Tervagan et, entre elles, d'un disque sur lequel fût écrite sa loi et dont on vît les lettres.

Mahon est, en plus, à notre avis, identique au dieu Toutatis. Nous croyons en trouver une preuve dans ce que rapporte M. Freymond en fait du Mont du Chat, Mons Munis = Mont de Mahon, où il y aurait eu un temple dédié à *Tuates*, et une autre preuve dans une inscription: *Toutatis Medurini* (*Revue celtique*, XXIX, p. 103), Medurini étant sans doute = $M[a] + e + du + ri \sim n$ = *Ma[hon]* dieu. Voir ci-dessus, pp. 37, 66.

---

[1] Éd. J. Runeberg, *Acta soc. fennicæ*, XXXVIII: 2, v. 2989.

[2] Éd. F. Castets dans la *Revue des langues romanes*, t. LI, 1908, v. 9614 et suiv.

[3] V. 9617.

Une hypothèse que nous avons formée sur Mahon est aussi celle que ce dieu est le dieu *Nor* qui doit être le dieu tigre = Toutatis.

Nous rappelons ici le nom du dieu irlandais Tigern*mas*, lequel nom montre une partie *mas*, qui n'est manifestement pas autre chose que *mans* = *Mahan*. Cf. ci-dessus Toutatis.

Nous invoquons aussi à l'appui la raison logique que voici. Cette catégorie de divinités doit représenter l'instance ultérieure — *la vie même. Mahon ~ Mon* représente la vie. — Cela nous paraît aussi être la cause — disons-le ici — que les rois français ont pris pour cri de guerre le cri *monjoie* christianisé.

A ces hypothèses sur le dieu Nor s'annexe un fait qui doit être mentionné, à savoir qu'il est fait mention, dans les chansons de geste, d'un dieu «sarrasin» appelé *Noiron*, représenté aussi comme un démon noir. Pour

Le dieu Noiron

on se rappelle ce que nous avons dit plus haut sur *Norica* = Nursia et sur la déesse *Nortia* qu'on adorait en *Norica* et dont *Noiron* paraît être le pendant masculin.

M. Bédier rapporte, dans son ouvrage cité, de très intéressantes observations s'attachant à cette question, remarques sur le *Pré Noiron* (II, pp. 240, 241), qui est mentionné souvent dans les chansons de geste, savoir: «Le *Pré Noiron* c'est l'ancien *ager Vaticanus*, aujourd'-hui les *Prati del Castello*, qui portaient déjà au VIe siècle le nom de Néron. La forme française *Noiron*, qui ne correspond pas au latin *Neronem*, a dû naître sous l'influence des légendes qui représentaient Néron, auprès d'Apolin, de Tervagant ou de Baratron, comme un démon noir et hideux.»

Nous considérons, pour notre part, qu'il s'agit du dieu *Nor* et qu'il y a là des débris de vieilles croyances. Mais il ne s'ensuit pas nécessairement de ces faits qu'il s'agisse de Mahom,ni de son pendant italique *Simo Magus* ou *Simo Sancus*; il peut être question simplement du dieu *Tiberinus*, qui doit avoir été un dieu tigre, un dieu noir. (— Dans *Les quatre fils Aymon* le dieu *Pilate* est mentionné avec *Noirom*.)

Le dieu Margos, Margot.

Quelques lignes seront présentement consacrées au dieu gaulois Margot, sur lequel nous avons déjà émis quelques points importants, et au nom de l'enchanteur *Merlin*; pour *Maugis*, voir partie II, enfin aux noms de diverses fées dont les noms paraissent venir du mot *mar*.

Le dieu *Margot* ne joue, du reste, qu'un rôle assez subordonné dans les chansons de geste.

Le nom provient du mot gaulois *mar* = grand, qui doit avoir signifié aussi mer, voir ci-dessous *mor*. L'opinion a été exprimée que Margot dérive de *Magog*; nous avons, pour notre part, émis qu'il n'est pas exclu que *Magog* et *Margot* soient un même nom.

Voici maintenant diverses preuves de l'existence dans la foi des Gaulois du dieu *Margot*.

1°. L'auteur rennais Noël du Fail (XVIe s.) emploie cette phrase: «envoyés au fin fond de la grande jument *Margot*» (référée par M. P. Sébillot, *Le folklore de France*).

2°. Le folklore français conserve des traces du nom *Margot*. Encore une fois, c'est l'inépuisable répertoire du folklore français *Le folklore de France* de M. P. Sébillot qui nous fournit les exemples. Il y est rapporté (II, p. 351) qu'une sorte de démon appelé le *Mawot* a sa demeure dans la Meuse. Ce nom consiste évidemment en *Ma* + *got* = *wot* = dieu et doit équivaloir à Margot. Dans le folklore français figure aussi le nom *Cas Margot* (*ibid.* III, p. 369). On fait peur aux enfants du chat *Margotiat*, nom composé probablement de *Mar* + *go* + *ti* = dieu + *a* < *u* = dieu. Là *Margot* paraît être un dieu *chat*.

3°. Le mot anc. franç *marigaut* = amant provient visiblement de Margot. Le mot se décompose: *mar* + *i* = dieu + *gaut* = dieu. Il est à comparer à *huihot*. (Voir plus haut, p. 18).

Mar a aussi la forme *mor;* en moyen-breton *mor* a les deux significations *grand* et *mer*.

Il paraît que les noms de lieux *Mors Gothorum* rapportés par M. A. Longnon (*op. cit.*, I, p. 134) sont, dans la réalité, = *mor* = mer + *got* = dieu.

D'autres composés avec *mar* et *mor* et des mots ayant la signification de dieu sont:

A. *Mar.*

1º. $+ i =$ dieu. Ex: la fée *Marimorgan*, mentionnée chez Sébillot *op. cit*, cf. l'irl. *Morrigan*, *Revue celtique*, I, p. 33 suiv.

2º. $+ li =$ dieu. Ex: *Marla villa*. Sans doute aussi le nom *Merlin*.

B. *Mor.*

1º. Le nom de lieu *Morbihan* (Bretagne) est évidemment un composé de *Mor* $+ bi =$ dieu $+ han =$ dieu. Ici *han* de Mahan désigne le dieu de la mer. Et on peut se demander, à ce propos, si *Mahan* a été employé spécialement pour désigner le dieu de la mer, et *Mahon* pour désigner celui de la terre.

2º. *Marimorgan*, deuxième partie $= mor$ ($+ gan = gon$ probablement).

Un autre composé de mar, dont nous traiterons ici spécialement, paraît être le mot *margari*, lequel mot est connu surtout par la chanson de geste *Gormond et Isembard*. (Voir partie II.) M. Bédier s'attache à ce mot dans ses Légendes (IV, p. 46). Il en dit: «Quant au surnom d'Isembard, *margari*, il est vrai que ce mot, importé de l'Orient, et auquel *renoié* a dû dès l'origine faire concurrence, n'a sans doute jamais été fort usité». M. Bédier cite l'exemple de Bertrand de Born et un exemple d'un texte latin du XIIe siècle écrit à Pise. — Nous ne pouvons pas voir, dans ce mot, autre chose qu'un composé de *mar*, savoir: *mar* $+ gar = go$ dieu $+ ri =$ dieu. Pour nous, ce mot a l'acception ou du dieu *Mar*, ou de croyant en le dieu *mar*, comme *cagot* veut dire croyant en le dieu *cat*, et *bigot* croyant en un dieu païen désigné par ce nom *bigot*. (La forme *magarizati* etc., voir R. Zenker, *Das Epos von Isembard u. Gormond*, Halle, 1896, pp. 124, 125, peut venir de *ma* $<$ Mahan, Mahon $+ gar$.)

CHAPITRE V.

Les dieux romains »Apolin» et Jupiter.

La cause du mélange des dieux romains avec les dieux gaulois dans les chansons de geste n'offrira pas de plus grandes difficultés, quand nous arriverons à ces questions, que la présence des dieux gaulois dans les chansons de geste. Après la conquête de la Gaule par les Romains, les dieux romains sont entrés en Gaule et ont été identifiés aux dieux gaulois.

Le fait est trop connu pour demander des preuves, mais nous rappellons:

1°. Les autels gaulois où figurent ensemble les dieux gaulois et les dieux romains. Ainsi, sur l'autel de Notre Dame, se trouvent, d'un côté, le dieu *Esus*, de l'autre, les dieux *Jupiter* et *Vulcanus*. Sur l'autel de Reims, on voit d'un côté *Mahon* — selon notre avis — de l'autre *Mercure* et *Apollon*. De même les inscriptions gauloises où il y a un mélange entre des noms de dieux gaulois et des noms de dieux romains. Nous avons déjà mentionné *Jupiter Taranis* (p. 12); nous ajoutons une dédicace à Apollon: *Apollini Granno mogouno* (Ernault, *Études grammaticales sur les langues celtiques*, I, 1881, p. 14*).

2°. Une deuxième preuve peut aussi être alléguée, mais celle-ci ne rapporte pas un fait populaire. Cette preuve nous l'avons trouvée toute faite dans le commentaire de M. Schulz de l'*Historia regum Britanniæ* (p. 241). M. Schulz y rappelle que des descendants des prêtres gaulois étaient parfois des professeurs sous l'empire romain, mais ils n'avaient pas — dit-il — oublié leur origine: ils portaient les noms des divinités que leurs ancêtres avaient servies. »Hieraus», dit M. Schulz, «sind die Namen *Apollinaris*, *Delphidius*,

Phœbidius u. s. w. zu erklären, welche anzeigen dass solche Männer aus Priestergeschlechtern stammten, die dem gallischen Belen-Apollo ergeben waren.» Ausone en parle dans ses *Professores*.

Ce que nous venons d'émettre nous amène enfin à croire que les formes en -*in*, *Apolin* et *Jupin*[1], des noms Apollon et Jupiter dans les chansons de geste sont de provenance gauloise, qu'*in* est ici la variante *in* de *i* gaulois = dieu.[2]

---

[1] Cette forme est employée encore par Lafontaine.

[2] M. G. Paris croit pour la forme Apolin à une influence des livres latins (*Extraits de la Chanson de Roland*), ce qui ne semble pas probable.

Chapitre VI.

Explication du nom Sarrasin dans les chansons de geste et du fait que les Saxons et les Hongrois y sont appelés des Sarrasins. — Explication du phénomène que les dieux des Sarrasins sont, dans les chansons de geste, dits dieux des Juifs.

Il faut faire observer d'abord que le nom *Sarrasin* figure comme dénomination des *Musulmans* dans les documents des Francs depuis les temps les plus reculés (ainsi dans les *Annales sancti Amandi* ann. 732: «Karlus bellum habuit contra Saracinos in mense Octobris», *Monum. Germ. hist.*, ed. Pertz, *SS.*, I, p. 8).

Dans les chansons de geste, le nom *Sarrasin* ne semble pas provenir uniquement, si étrange que cela paraisse être, de la dénomination *Sarrasin* des *Musulmans*. Il semble qu'il soit aussi un mélange, un mélange de ce nom des Musulmans avec un autre nom qui lui ressemble désignant les Gaulois et aussi d'autres peuples païens ayant une foi apparentée. Le vers suivant de la chanson des Saisnes[1] implique ce que nous venons de dire:

Sarrazins ert li Saisnes, si creant (creoit) à Mahon.

Ce vers donne à croire que le «Sarrasins» ici mentionné appartient à un peuple ayant une croyance identique à celle des Gaulois, ou une croyance en approchant.

Le passage suivant de Doon de la Roche[2] mentionne un peuple «sarrasin» autre que les Gaulois; il y est question de la ville de Maiance:

---

[1] *La chanson des Saxons* par Jean Bodel, p. p. F. Michel, Paris, 1839, I, p. 5: 3.

[2] Éd. P. Meyer et G. Huet, Paris, 1921 (*Soc. des anc. textes français*), v. 4364.

Mais la citez est forte, Sarrasin la fonderent.

Voici les arguments que nous apportons maintenant à l'appui de la thèse que nous avons émise, et l'explication que nous donnons du nom *Sarrasin.*

Voici nos arguments:

1°. Par le fait qu'il existerait un nom comme celui que nous avons proposé, dont pourraient être désignés les Gaulois, s'expliqueraient mieux que par l'acception *Musulman* les expressions: *œuvre aux Sarrasins, murs sarrasinois* qu'employait le peuple français au moyen âge pour désigner «les ruines romaines dont le sol de la France était couvert» (Quicherat, *Mélange d'archéologie et d'histoire*, II, p. 352, cité par M. J. Bédier, *op. cit.*, III, p. 373, d'où nous tenons ce fait). Ces expressions visaient, originairement au moins, à notre avis, ses ancêtres païens.

2°. Dans le folklore français, se rencontre le nom *Sarrasin* là où il est difficile d'admettre qu'il ait pu signifier *Musulman* — on le trouve dans des chansons populaires et dans des noms de lieux, ainsi un dolmen en ruines à Guernesey porte le nom: *la tombe du Sarrasin* (Sébillot, *op. cit.*).

3°. La deuxième partie de ce chapitre, qui traitera des dieux des Sarrasins comme dieux des Juifs, apportera aussi, comme on le verra, en quelque sorte, des arguments en faveur de notre thèse.

Voici comment nous expliquons le nom *Sarrasin* désignant les Gaulois et d'autres peuples païens.

Il semble croyable que le nom Sarrasin est le même que le nom d'un peuple *Seras*, qui se rencontre chez Solin dans ses *Collectanea rerum memorabilium.*[1] Le même radical entre apparemment dans quelques noms de fleuves français mentionnés dans une étude de M. E. Philipon dans la *Romania* XXXVIII, (p. 416), intitulée: «*Le suffixe -in -ina en moyen rhodanien*». Nous visons divers noms de fleuves au radical *ser* — la Val *Serina* (Ain), la *Séra* (Ain), *Serain* (Côte-d'Or), la *Serne* (Jura), la *Serène* (Ain et Aveyron) — que l'auteur considère venir de la racine *ser* «*couler*», sanscr. *sarit-* «rivière», lat. *serum* petit lait. Il y a aussi sans doute le même radical dans

---

[1] Éd. Th. Mommsen, Berolini, 1864, p. 50.

94

Sar, Sarela èn Galicie et Sarine en Suisse. — En présence de ces noms, nous jugeons possible qu'un dérivé de *ser* «couler» ait pu servir de dénomination des Gaulois. A ce propos, nous rappellons aussi que, dans le Roman de Mahomet (voir plus haut, p. 86), il est raconté que l'enchanteur Mahomet construisit, sur une montagne, deux conduits, l'un de miel, l'autre de lait. A notre avis, il n'est pas impossible que le nom Sarrasin, qui paraît s'appliquer aux croyants en Mahom, ait trait aux liquides du corps — à la vie même.

Nous venons maintenant à la seconde partie de ce chapitre qui traitera de la question d'où il vient que les dieux des Sarrasins, savoir les dieux gaulois, sont parfois, dans les chansons de geste, appelés dieux des *Juifs*.

Un très bon exemple de ce fait nous fournit un passage de la version irlandaise en prose déjà mentionnée de Fierabras (*Revue celtique*, XIX, p. 285). Cet exemple est spécialement important, parce que les *Juifs* y sont clairement désignés comme *païens*. Nous citons le passage dans la traduction de M. W. Stokes: «Then Roland and Olivier and Ogier went to another place in the tower and found there three gods of the *Jews*, namely *Tregont* and *Apollo* and *Margot*. And Roland brought Tregont, Olivier brought Apollo, and Ogier brought Margot, and they saw where the Jews were thickest, and hurled the gods down upon them, and thereby many of the *pagans* perished».

Retenons le fait déjà souligné que les *Juifs* sont ici des *païens*. Ils sont appelés en irlandais *Iub* (al) (al est ajouté par M. Stokes).

Des chansons de geste originelles qui appellent les adorateurs des dieux dont nous parlons *Juifs*, nous citons p. ex. Doon de la Roche.

Cette question des *Juifs* est très facile à résoudre, si l'on se sert, ici encore, du «Sésame» qui est la base de cet ouvrage, à savoir des séries de thèmes signifiant dieu dont nous avons déjà fait usage pour la solution de diverses questions.

Le nom *Juif* s'explique, à notre avis, par le composé *co, cu, go, gu, jo, ju* + *i* = dieu, attesté par les mots jarnigoi et monjoi(e). Pour *Ju*, cf. p. ex. *Jumelin*. Quant à *f*, il peut venir d'un *w* < *u*, comme celui qui se trouve dans le nom *Huwes* (voir ci-dessus, p. 21).

(Le nom irlandais *Jub* contient aussi un thème *Ju*). Par cette explication, les difficultés s'évanouissent d'elles-mêmes.

Il y a maintenant d'intéressantes circonstances qui confirment entièrement nos dires, qui placent la question dans le monde des réalités et la rendent particulièrement importante, à savoir que le nom *Juif* a été employé par les Roumains pour désigner les *Tartares* et qu'il a, en Roumanie et dans une région voisine, l'acception de géant. Nous tenons ces intéressants faits d'une étude de M. L. Shaineanu intitulée *Les juifs ou Tartares*, dans la *Romania* XVIII (p. 494 et suiv.).

Nous exposerons, concernant cette question, d'abord les faits; nous donnerons ensuite l'explication de M. Shaineanu et enfin la nôtre. — «Le paysan roumain», dit l'auteur, d'après M. Odobesco, «emploie le mot Juif en différentes acceptions qui toutes pourraient se ramener au sens fondamental de «géant». L'auteur mentionne ensuite que le phénomène s'est étendu à d'autres régions, qu'en Transylvanie (p. 498), dans la région de Hunyád, se trouve une forteresse ronde ayant 180 pieds de circonférence, avec une porte, des murailles et quelques fenêtres, construite, d'après la tradition, par des géants ou Juifs; qu'il y a une forteresse pareille près de Zlatna, appelée par les Hongrois «Château des Juifs»; qu'on trouve en plus en Transylvanie et autre part des tertres et collines qu'auraient faites les Juifs. — L'auteur ajoute ici l'importante notice que le mot *Juif* dans le sens de «géant» «n'a rien de commun, du moins directement, avec son homonyme qui désigne l'Israélite» et, ajoute-t-il, «Par les réminiscences bibliques on pourrait expliquer difficilement cette association logique». — «Dans les langues yougo-slaves», dit-il aussi, «le même mot signifie *Juif* et «géant»: «bulgare *zíd*, 'Juif' 'géant' ... dans la version serbe de la légende de Polyphème figure au lieu d'un 'géant» *juif*'».

Et voici l'explication de M. Shaineanu. Pour la connexion entre les *Juifs*, les *Tartares* et les *géants* (pp. 499, 500), M. Shaineanu croit à une confusion avec les *Khazars*, race d'origine finno-tartare, qui», dit-il, «adoptèrent le judaïsme au VIIIe siècle et subsistèrent comme état juif pendant trois siècles. Leur empire s'étendait du Don jusqu'en Pannonie; les Bulgares et autres populations slaves étaient leurs sujets; les Hongrois furent aussi sous leur domination, et les empereurs byzantins leur payaient tribut.» — M. Shaineanu paraît croire en une confusion analogue à celle qu'il mentionne en fait des Khazars de la Tauride, où, dit-il, »après l'extinction de leur puissance, une communauté khazare se maintint et les peuples du Caucase identifièrent tous les Juifs avec leur nom ethnique en les appelant généralement *Ghyssar* ou *Khazar*.»

Ces arguments paraissent fort convaincants. Mais, néanmoins, nous osons avancer — sans connaître toutefois les langues en question — qu'il est bien plus croyable que la dénomination *Juif* pour *géant* et pour les *Tartares* a la même provenance que le nom Juif cité dans les chansons de geste, savoir les thèmes $gu + i$ signifiant dieu et que, quant à l'acception «géant», il y a confusion avec les dieux mêmes conçus comme géants. Il y a ici le même phénomène que celui que l'on constate en fait p. ex. du mot breton *enquelezr*, qui signifie *géant*, mot qui provient de $An + ke$ = dieu (voir plus haut, p. 24).

Enfin, il y a un argument à l'appui de notre opinion que nous empruntons à la Dissertation XI de Du Cange: ce savant mentionne que Liutprand dit, en parlant d'un combat entre l'empereur Henri I (920—936) et les *Hongrois*: «Haud mora bellum incipitur ... ex eorum (parte) turpis et diabolica *Hui, Hui* frequenter auditur.» — Donc les Hongrois ont adoré le dieu *Hu* ($Hui = Hu + i$ = dieu) — ce qui, pour ce qui les concerne, est probablement la raison qu'ils sont, dans les chansons de geste, énumérés parmi les Sarrasins.

Il est bien probable qu'une cause pareille a fait aussi des Tartares des Juifs.

Résumons maintenant le contenu de ce chapitre. Il fait voir que le nom *Sarrasin* est un nom désignant les Gaulois et d'autres peuples païens, ayant une foi apparentée. Le nom subsiste encore — entièrement le même — dans le folklore français.

Les adorateurs des dieux gaulois désignés dans les chansons de geste par le nom *Juifs* ne sont pas des Israélites, mais des païens. Le nom *Juif* vient des thèmes $Gu \sim Ju$ = dieu $+ i$ = dieu.

(Ajoutons enfin que le fait que le nom Sarrasin est très souvent uni, dans les chansons de geste, au nom *Escler*, dont nous avons parlé dans le chapitre III, paraît confirmer notre opinion sur le nom *Sarrasin* dans les chansons de geste.)

Les résultats acquis dans la première partie de cet ouvrage sont les suivants:

1°. Les dieux dits des Sarrasins mentionnés se trouvant dans les chansons de geste sont des dieux qui ont été adorés par les Gaulois.

2°. Le nom *Sarrasin* désigne les Gaulois et d'autres peuples païens ayant une foi apparente

Corrections.

Lisez p. 11, l. 3 d'en bas:; *B.*; p. 15, l. 10 d'en haut: noms s'ajoute; ibid., l. 2 d'en bas: détail nous; p. 18, l. 12 d'en haut:, et; p. 19, l. 16 d'en haut: cette règle; p. 26, l. 9 d'en haut: la langue française,; p. 29, l. 5 d'en haut: pp.; p. 40, l. 9 d'en bas: cabanes; p. 50, l. 11 d'en bas: Saint-Pair; p. 59, l. 8 d'en haut: *ti* est; p. 62, ll. 11 et 10 d'en bas: mots qui doivent; p. 64, l. 2 d'en bas: *us,*; p. 71, l. 15 d'en haut: Kar-ahès; p. 77, l. 1 d'en haut: P. Rousselot; p. 78, l. 1 d'en haut: question.; p. 87, l. 2 d'en haut: *Nor*, qui; p. 96, l. 7 d'en bas: peuples païens ayant